Rihito & Oikawa
「先輩とは呼べないけれど」

先輩とは呼べないけれど

可南さらさ

キャラ文庫

この作品はフィクションです。
実在の人物・団体・事件などにはいっさい関係ありません。

目次

口絵・本文イラスト／穂波ゆきね

先輩とは呼べないけれど

まだ高校生だった頃に一度だけ、真剣な恋をしたことがある。

その人が傍《そば》にいるだけでそわそわと浮き足だつような、その姿を一日見ないだけで寂しくなって声が聞きたくなるような、そんな幼くて一途な恋だった。

告白する気はもとよりなかった。……したところで、玉砕するのは火を見るよりも明らかだったから。

男の自分が、同じ男の先輩をそういう意味で好きになるなんて、『おかしいこと』だと、わざわざ指摘されなくても、そんなのは自分が一番よく分かっていた。この気持ちが、普通じゃないなんてことは。

それでもただ……好きで。好きで。目が合えば、それだけでじわりと胸の奥が熱くなった。

朝『おはよう』と声をかけてもらえた日は、その日一日を有頂天で過ごせた。

襟足を短く切りそろえた、綺麗《きれい》なうなじのラインだとか。

目を細めて笑うときの、少しくぐもった声だとか。

生徒会の会議の間、手の上でペンをくるくると回している器用な指先だとか。

彼を構成するカケラのひとつひとつが、まるでキラキラと輝く宝物のように思えて、それをいくつも拾い集めては、胸の小箱にひっそりとしまい込んでいた。

この気持ちが誰にもばれませんようにと、そう心の中で必死に祈りながら。

――そんな願いも虚《むな》しく、幼くて不器用だったその恋は、日の下にさらされ、木《こ》っ端《ぱ》微塵《みじん》に打ち砕かれてしまったけれど。


二階建ての保健センターの古びた階段を、一ノ瀬理人《いちのせりひと》は決して走らず、けれども急ぎ足で降りていた。

先ほどから内線電話をかけているのに、所長はおろか、食品衛生課の係長まで捕まらない。本日の区民健康相談は、午後の四時で終了しているはずである。

こんな中途半端な時間にあの所長が捕まらないときは、たいてい一階の喫煙所か、センターの入り口に設けてある地域広場でうろついていることが多い。

だが理人の予測は外れて、今日に限っては一階の喫煙所にも地域広場にも、あのトレードマークであるよれた白衣姿が見当たらなかった。

自動ドアから外へ目を向ければ、五月の新緑の隙間からは、眩《まぶ》しいほどの晴れ間が覗《のぞ》いているのが見える。

もしかしたらこの陽気に誘われて、公園のベンチで昼寝をしているのかもしれない。

仕方なく外にまで足を向けようとしたそのとき、センターの奥からどっという笑い声が響いてきた。それに理人は足の向きをくるりと変えると、つかつかと廊下を進んでいき、おもむろに集会室の扉をがちゃりと開いた。

途端、『つかったオモチャはちゃんとかたづけようね』というポスターの貼られたクリーム色の壁と、動物柄のカラフルなカーペットが目に飛び込んでくる。

そのカーペットの上では、三人の男達が円になって座っていた。

「……所長。こんなところでなにをやってるんですか」

声をかけると、よれた白衣を身につけた大きな背中が『あ？』とこちらを振り返る。

くっきりとした凜々《りり》しい眉に、切れ長の眼差し。彫りが深くて一見するとモデルのように整った男らしい顔立ちをしているわりに、にこっと笑うと途端に細くなる目や、片方だけ小さく覗く八重歯が、二枚目というよりも人懐こそうな印象を抱かせる。

紺のワイシャツにノーネクタイ。さらにしわだらけの白衣を羽織ったこの若い男が、ここ、ひまわり保健センターの所長である及川映《おいかわえい》だ。

その隣では、食品衛生課の係長である吉田《よしだ》が、はげ上がった頭をかきながらニコニコと笑っていた。もう一人の男性は、五十代半ばくらいだろうか。名前は知らないが、多分、先ほどの健康相談に来ていたうちの一人だ。

「なにって、見て分からないか？」

「……分からないから聞いてるんです」

というより、分かりたくないと言った方が正しいかもしれないが。

まだ勤務時間内だというのに、その手の中にあるトランプはなんなのか。まさかいい年した男が三人、顔をつきあわせてババ抜きをしていたわけでもないだろうに。

「おいちょかぶだよ。あ、一ノ瀬も入るか？　ちょうどメンツが一人足りなくってさー」

言いながら、にこっと笑ってみせた無邪気な笑顔に、理人はここに来てから何度目になるか分からない目眩《めまい》に襲われながらも、静かに唇を開いた。

「……結構です」

「もしルールを知らないなら、ちゃんと一から教えてやるぞ？」

「それも結構です！　あのですね。ここは保健センターの集会室であって、娯楽室じゃありませんよね？　それと、備品の綿棒を勝手に持ち出して使うのもやめてもらえませんか」

「ちょっと借りるくらいはいいだろ。どうせ一つずつパックされてんだし」

言いながら子供のように唇を尖《とが》らせた及川に、理人はぶちっと額の血管が切れる音を聞いた気がした。

「よくありません！　もしそれで破損でもしたら、予算の無駄です！」

たかが綿棒一本とはいえ、それは区民の血税の中から支給された備品だ。賭け事の点数付けのために、用意されているものではない。

「ちぇ。りっちゃんは相変わらずお堅いねぇ」

……誰がりっちゃんだ。

「それに今はまだ勤務時間内のはずです。いつまでも遊んでないで、上の事務所にとっとと戻ってください。本庁から呼び出しの電話が入ってますので！」

声を荒らげるつもりはなかったが、さすがにこう堂々と目の前でサボられては、小言にもついつい力が籠《こ》もる。

しかもこの若い所長ときたら、いつも糸の切れた凧《たこ》みたいにあちこちフラフラするものだから、そのたびそれを捜し出すのも理人の仕事のようになっているのがいただけなかった。

本庁からの呼び出しと聞いて、さすがにこれ以上サボっているわけにはいかないと踏んだのだろう。逃げ足の速い食品衛生課の係長は『それじゃあまた』と、そそくさと席を立ち、及川も『仕方ねぇなぁ』とぼやきながら、床に積まれていたトランプを集め始めた。

「そんじゃあ瀬戸《せと》さん。次のときにでも、また寄ってよ」

「はいはい。じゃ、お疲れさん」

「絶対だからな。勝ち逃げは許さないぞー。それから、今日は来なかったメンツにも、ちゃんと声かけといてくれよな」

「分かってますって」

瀬戸と呼ばれた小柄な男は、すれ違いざま理人に向かってひょいと頭を下げると、軽い足取りで部屋から出ていった。

サボるなと伝えたばかりだというのに、目の前で次の遊びの約束を取り付けている及川に、理人は零《こぼ》れそうになる溜《た》め息《いき》を必死に飲み込む。

ここでいちいち怒ったりしてはいけない。怒ったりしたら、相手の思うつぼである。

なぜかこの所長は、生真面目《きまじめ》な理人にちょっかいをかけては、その反応を楽しんでいるような人の悪いところがあるのだ。

だが、人の顔を見ながらニヤニヤと笑っている及川の視線を無視できずに、理人はその細い眉をつっと寄せた。

「……なに笑ってるんですか」

「いやー、なんかこういうのも懐かしいよなーと思って。ほら高校の頃もさ、俺が屋上や図書室でサボって昼寝してると、お前がよく迎えに来てくれただろ?」

遠い目をしながら、ふっと優しく微笑《ほほえ》んでみせた及川に、ふいに遠い記憶を呼び覚まされる。

だが理人はそれを無理矢理記憶の海へと沈め直すと、むすっとした顔つきで口を開いた。

「……そんな大昔のこと、とうに忘れました」

「そうかー? 残念だな。俺は今でもよく思い出すのになー」

そうやってとっくに封印した過去の出来事をいちいち口にするのも、やめて欲しい。

理人はぷいと視線を外すと、これ以上余計な記憶を掘り起こさぬように、会話の矛先を変えた。

「それより、地域広場の掲示板で猫の里親募集するのも、いい加減にやめてもらえませんか？保健所の分室にあたる保健センターで野良猫の里親募集とか、いったいなに考えてるんですか」

「別にいいじゃんか。一階の空きスペースは地域のための交流広場、地域のための掲示板だしな。ボランティアから頼まれた里親募集のビラ貼るぐらい、罰《ばち》はあたらんだろ」

「所長がそんなんだから、うちの保健センターは、他からたまり場とか言われてるんだと思いますが…」

「たまり場でおおいに結構。お役所や保健所なんて、昔から地域の嫌われもんみたいに思われがちなんだし、せっせと住民のみなさんには来てもらわないとな」

ああ言えばこう言う。

もはや言い返すのも馬鹿らしくなり、理人はふいと視線をそらせた。

「んで、どこからの電話だって？」

「本庁の衛生課の課長からです。……今、うちの所長は診察中のため席を外しているとだけ伝えておきましたから、電話はこちらからかけ直してください」

「お、さすが。理人は相も変わらず気が利くね」

親しげに名を呼ばれ、ぴくりと肩が跳ねる。

「……人のことを名前で呼ぶのも、いい加減やめてもらえませんか」

「えー。でも昔はさんざん名前で呼んでたのに、いまさら一ノ瀬君ってのもどうよ?」

「どうよ、じゃありません。学生だった頃じゃあるまいし、ここは区の公共施設であり、職場ですから。区民の方にも示しがつきません」

「別にそこまで気にしなくってもいいんじゃないか? お前こそさー、昔みたいに俺のことを『映先輩』ってもう呼ばないわけ? あれ、メチャクチャ可愛《かわい》かったのにな?」

ん? とどこか甘えた仕草で顔を覗き込んでくる及川を、冷めた一瞥《いちべつ》で無視すると、理人は『お先に失礼します』とさっさと集会室をあとにした。

階段を上り、二階の事務所へ向かう途中で、曲がれ右してトイレへと向かう。

中にある洗面台に手をついた途端、理人はポーカーフェイスを崩すと同時に、それまで溜めていた息を思い切り吐き出した。

「あの人は……っ、本当に腹の立つ……!」

——『映先輩』なんて、誰が呼ぶか!

本当は及川に向かって投げつけてやりたかった言葉を、煮えたぎる腹の中で思い切り吐き捨てる。

あの人はなんだってああもいちいち、人の神経を逆撫《さかな》でするのか。

理人が過去に触れられたくないことぐらい、見ればすぐ分かるだろうに、まるでそれをわざと掘り起こすような真似《まね》をする及川が、ひどく腹立たしい。

そしてなにより一番腹立たしいのは、そんな及川の言動にいちいち動揺しては、ぐらついてしまう自分自身だ。

……もう、ちゃんと忘れられたはずだと思っていたのに。

あの背中を夢中で追いかけ、その言葉や仕草のひとつひとつを大事に拾い集めては、まるで宝石のように胸の小箱にとっておいた、あの時代。

あの頃、理人は幸福の絶頂と、絶望のどん底を同時に味わった。

苦くて痛すぎる過去の傷痕を、十一年という長い歳月をかけて何度も塗りつぶし塗りつぶし、ようやく全てを忘れかけていたはずだったのに。まさかその傷を付けた当の本人と、こんな場所で再会することになるとは夢にも思っていなかった。

まるで古いかさぶたを無理矢理引っぺがされたみたいだ。全身を襲うピリピリとした鈍い痛みに、居ても立ってもいられない衝動を覚えて、理人は洗面台の蛇口をぐっとひねった。

手慣れた仕草で石けんをつけると、泡立てながら手を洗い清め始める。指の股の間から、爪の先までまんべんなく丁寧に。

最後に流水で洗い流すと、白い泡の塊が排水溝へと渦を描いて吸い込まれていくのを見て、ようやく少しだけ気分がすっきりした。

だが——どんなにそうして手を綺麗にしたところで、消し去りたい過去の記憶までは消えないことは、嫌というほど知っていた。

その証拠に先ほど目にしたばかりの及川の人懐こそうな懐かしい微笑みが、今もまだ脳裏に焼き付いている。

……本当に、やっかいな相手だ。

東京《とうきょう》都特別区保健所所属、ひまわり保健センター所長、及川映。

この四月から理人の上司となった彼は、理人が高校時代、恋い焦がれ続けた初恋の相手でもあった。

東京都二十三区では、区の行政に携わって働く職員を特別区公務員として定め、毎年春に採用を行っている。

採用された職員は区役所やスポーツセンター、図書館、福祉事務所、教育現場などといったさまざまな公共施設に配属され、区民のために働くこととなる。

保健所もまたそうした公共施設の一環であり、各区にひとつずつ設置されている。

理人の所属する区では、保健所の下に二つの分室が保健センターとして東西に設けられており、このひまわり保健センターはそのひとつだった。

分室とはいえ、保健センターも保健所となんら変わりのないサービスが受けられるし、働いている職員の数も多い。

所内には、環境衛生課（通称環境課）、食品衛生課（通称食品課）、健康保健指導課の大きく分けて三つの部署があり、それぞれの分野で専門の職員が働いている。

そうしてそれら全ての課の事務に対応するのが、いわゆる事務屋と呼ばれる庶務課所属の、理人の仕事だった。

大学を卒業後、理人が生まれ育ったこの区へ入職してから今年で七年目。

これまでにも内部の異動はあったものの、全てが区役所本庁内でのことだったので、出張所や分室と呼ばれる外の施設で理人が働くのは、実はこれが初めてだ。

そのためセンターへ出勤した初日、理人はその雰囲気の違いにまず驚かされた。

これまでいた年金課やまちづくり推進課では、基本的に男性職員はみなネクタイにスーツ姿だったが、保健センターでは職員はノーネクタイの者がほとんどだ。

ネクタイを着用しているのは受付の男性職員と、食品課の係長の二人きり。あとの者はシャツの上に支給された紺色のジャケットを、申し訳程度に羽織っているだけ。

環境衛生課にいたっては、係長にいたるまで全員薄緑色のツナギのような作業服を着用しており、果てはスニーカーにジーンズ姿の者までいた。

また階ごとに課が分かれていた区役所とは異なり、保健センターでは全ての課がひとつのフロア内にある。パーテーションのような区切りもなく、島ごとに机がまとめられただけのシンプルな作りで、そのあちこちで届けを出しにきた区民がいたり、電話相談や面談を受けたりしている。

つまりよく言えばアットホーム、悪く言えばかなり雑多な印象が所内全体に漂っていた。

だがそれはまだいい。異動してきてしばらくは、職場の雰囲気に慣れるまで戸惑ったりもするものだし、それも想定の範囲内である。

想定外だったのは、中で働いていた職員だ。

というより……ぶっちゃけて言うなら、自分が配属されたセンターのトップが、よりによってあの及川だとは予想もしていなかったのだ。

——だいたい、どうしてあの人はこんなところで公務員なんかやってるんだ？

保健所の所長は医師が兼任することが多いと聞くが、及川はたしか都内にある大きな総合病院の跡取り息子だったはずである。

京都《きょうと》にある医学部を卒業したあとは、付属の大学病院で医師として働いていたはずだ。それか今頃は実家の病院を継いでいるに違いないと、そう信じていたのに。

思わぬ場所での思わぬ再会。それに驚きすぎたせいか、再会して二か月近くが過ぎた今でも、理人は及川と向き合うたびにどうしていいのか分からないまま、ついきつい態度ばかりを取ってしまう。

そんな自分に自己嫌悪しながら、溜まった書類を黙々と片付けているうちに、十二時を告げるチャイムの音が鳴り響いた。

お昼休みに入った途端、職員たちはぞろぞろと外へ昼食をとりに出て行く。

理人も休憩中の札を受付に立てかけ、洗面所で丁寧に手を洗い清めてから、持ってきた弁当の包みを取り出した。

蓋《ふた》をはぐと、今朝詰めたばかりの唐揚げの南蛮漬けや、ナスとピーマンの味噌炒《みそいた》め、ハスのきんぴらなどが、ご飯の横にきっちりと並んでいるのが見える。

それにいただきますと箸を付けようとしたそのとき、上からひょいと覗き込んでくる人影が見えた。

「あーん、今日もまた美味《おい》しそう」

「浅井《あさい》…」

人の弁当をまじまじと覗き込んでいたのは、保健師の浅井葉子《ようこ》だ。

葉子は理人と同期の入職ということもあり、区の研修や同期会などで、以前から見知った存在でもあった。

「今日のお弁当も、やっぱり一ノ瀬の手作りなんでしょ？　ほんっと一ノ瀬って結婚したらいい旦那になりそうだよねー。消毒ジェルと除菌ティッシュをいつも持ち歩いてるのが、ややネックだけどね」

机の端に並べられた除菌グッズに目をやりながら、チラリと言われた葉子の言葉にぐっと声を詰まらせる。

理人に潔癖のきらいがあるのは、すでに周知の事実だ。

なにかあるたびこまめに手を洗うのはもはや癖のようなものだし、鞄《かばん》の中やテーブルの上には、いつも除菌グッズが用意されている。

「……ここは保健センターなんだし、清潔にしていて悪いことはないと思うけど」

「別に悪いとは言ってないわよ。ただ女として言わせてもらうとさ、あまりにきっちりしてる彼氏とか旦那って、一緒にいて疲れちゃうのよねー。特に子育て中で、毎日化粧すらろくにできないズボラな女としてはさ」

言いながらケタケタと笑った葉子は、一年前に夫と別れ、現在は三歳になる娘を一人で育てている。保健師という仕事柄なのか、それともさばさばとした性格は元からか、遠慮なくぽんぽんと物を言う割にその言葉にはあまり棘《とげ》がなかった。

葉子は『見てよ。このわびしい弁当』と、コンビニで買ってきたばかりらしい弁当をドンと置いた。

「子供の保育園が給食でほんっと助かってるわー。朝なんか、もう時間どおりに起こして、服を着替えさせるだけでも戦争だもんね。この上弁当なんか、とても作ってられないわよ」

「子育て中なんだし、別に少しぐらいは手を抜いてもいいんじゃないか？」

「それをさ、うちの元旦那にも言ってやってよ。まぁもういまさらなんだけどね」

言いながら葉子は理人の隣の席にすとんと腰を下ろすと、がさごそとカルビ焼き弁当を袋の中から取り出した。どうやら今日はこのまま、ここで食事していくつもりでいるらしい。

「一ノ瀬もさー。手作り弁当もいいけど、たまにはみんなと一緒に外で食事とかしてこなくていいの？」

「別に、そんな決まりはないだろ。それに休憩時間とはいえ、誰かが必ず受付にはいないといけないし…」

休憩時間の札を立ててはいても、電話相談や受付で時間外の質問を受けることはよくある。そのためにも事務方が全員席を外すわけにはいかなかった。

「そんなのちゃんと当番がいるんだし、なんとでもなるでしょ。うちのセンターに来て二か月近く経つっていうのに、いつまでもぽつーんとぼっちで弁当つついてる背中を見てると、なんか気になるのよねー」

葉子の言葉にぐっと喉《のど》を詰まらせる。

それで今日はわざわざ、健康保健指導課の島からこちらへやってきたのか。

余計なお世話だと言うべきなのか、それとも同期からのありがたい忠告を、友情として受け取っておくべきか。

悩んでいるうちに、葉子はふと思い出したように口を開いた。

「それにさ、環境課の人達とはもう仲直りしたの？」

「……仲直りって、別にケンカをしていたわけじゃ…」

「あー、つまりまだしてないのか」

図星を指されて押し黙る。

なんというか……同期で同い年だというのに、葉子の前に出ると、理人はときどき自分がなにもできない小さな子供に戻ったような気分になるときがある。

葉子から見れば、生真面目すぎて人付き合いがド下手な理人など、三歳になる彼女の娘とそう変わらなく見えるのだろう。

葉子の言うとおりだ。この保健センターへ配属されてすぐの頃、理人は環境衛生課の職員と大きく揉《も》めた。揉めたというよりも、書類の管理に関してケチをつけられたと感じた環境課の職員たちから、一方的に睨《にら》まれたというのが正しい。

センターに異動してきたあと、理人がまずはじめに手を付けたのは、書庫やキャビネットに無造作に突っ込まれていた過去の書類の整理だ。

ここへ来た当初、理人にはどこになんの書類があるのか、それがいつ作成されたものなのかも、よく分からないような状態だった。

年度末ごとに廃棄されるはずの文書は、無造作にキャビネットに詰め込まれたままぎゅうぎゅうとなっており、新年度に配布された資料はどれかも判断がつかない。

その反対に一年、五年、十年と分けて保存しなければならないはずの保存文書は、区分けがきちんとなされないまま、何年分もダンボールに詰め込まれてうずたかく書庫の中で眠っていた。

初めて書庫で未処理のダンボールの山を目にしたときは、軽い目眩を覚えたほどだ。

……前の事務屋は、一体なにをしていたんだ。

いくら分室とはいえこの状態はない。

理人のいた本庁では、ファイリングシステムを各課で徹底的に機能させて、資料は年度ごとに色分けされ、きちんとまとめられていた。

区の職員は不正や馴れ合いがあってはならないという理由から、だいたい三～四年ごとに次の部署へと異動していく仕組みになっている。そのため後に残された人間にも、書類の中身が分かるよう、整理しておくのが原則だ。

だが保健所内は専門の職員が多く、異動といってもセンターと保健所の三か所内だけで済んでしまうために、書類の管理についてはこれまであまりうるさく言われないままできたらしい。特に環境課の書類管理はひどかった。

そのことについて理人が物申した途端、環境課の職員から激しい反発を食らったのだ。

いわく『外からやってきたばかりの公衆衛生のド素人が、書類ごときでうるさくがみがみ言うな』ということらしい。

さらに環境課が中心となって企画していた、新人の歓迎会に理人が顔を出さなかったのも気に入らなかったようだ。

環境課は男ばかりの部署である。酒に弱く、体育会系の飲み会のノリについていけない理人は、謹んで参加を辞退したわけだが、それが『俺たちの酒が飲めないっていうのか』とますます彼らの敵愾心《てきがいしん》に火を付けてしまったらしかった。

おかげでこの二か月、同じフロア内で作業をしているにも拘《かか》わらず、理人は環境課の職員とはろくな会話をしていない。

目が合えば会釈ぐらいはするし、仕事に関しての必要最低限の話はするものの、こうした休憩時間に世間話をするなんてことは、まずありえなかった。

「一ノ瀬もさー、せっかくそんな可愛い顔してんだから、一度、環境課のオッサンたちと飲みにでも行って、たらし込んで来ちゃえばいいのに」

「……ごほっ、ごほ」

「ちょっとやだ。大丈夫？」

思わずむせると、呆《あき》れたような顔で葉子が背中を叩《たた》いてくれた。

……なんなんだ。その可愛いとか、たらし込むっていうのは。男に向かって言う台詞《せりふ》じゃないだろうに。

「ファイリングのこともさ、『こんな状況でよく仕事ができてましたね』なんて嫌味を言うより、『できたら一緒に片付けてもらえませんか?』なんて可愛くお願いした方が、すぐに重い腰をあげてくれると思うんだけどねー」

「……新卒の女の子じゃあるまいし。俺みたいな男が可愛くお願いしたところで、気持ち悪いだけだろ」

「いやーね。その新卒の子よりも、もちもちとした白い肌しちゃってるくせに。それになによその髪。染めてもないくせに適度に明るくてさらっさらで、見てて腹立つわぁ」

「……」

どうやら余計な地雷を踏んでしまったらしい。

保健師として日々、自転車であちこちを訪問して回っている葉子と、所内で事務作業ばかりしている自分とでは、皮膚の焼け方に差が出るのは仕方ない。

だからといって、二十八にもなる男を捕まえて可愛いはないだろう。

「一ノ瀬ってさ、絶対に中学とか高校では美少年で通ってたタイプでしょ。なんか男臭さがあんまりないっていうか。あ……そうそう、高校っていえば、あんたうちの所長と同じ高校出身なんだって?」

唐突に触れられた話題に、箸を持つ手がピクリと震えた。

「……それ、誰から聞いた?」

「歯科衛生の子から。しかも所長って、高校のときは生徒会長様だったんだってねー。さすがだわ。さらにあの見てくれでしょ。さぞかし高校ではモテたことでしょうねぇ」

「……そうだね。死ぬほどモテてたよ」

　葉子の言葉どおり、たしかにあの頃の及川は、学校内どころか近隣の女子学生にまで名が知られているほど、モテていた。

　大きな総合病院の跡取り息子で、頭脳明晰《めいせき》な上にあの容姿だ。加えてスポーツも万能ときたら無理もない。

　かっこよくて頭もいい、非の打ちどころのない生徒会長様。

　そんな及川にひっそりと憧れていた生徒がたくさんいたことも知っている。同時に彼の周りで途切れることのない彼女の姿に、一喜一憂していたことも。

　……例に漏《も》れず、自分もその哀れな一人だったわけだが。

「でも今はどう見ても、うちらと同じただのしがない公務員よね。寝癖のついたあの髪とか、よれよれの白衣を見てると、ときどき素材の無駄遣いなんじゃないのって勿体《もったい》なくも思うけど」

　葉子の言葉どおり、再会した及川からは、高校時代の頃のような気後れしそうな華々しさは感じられなくなっていた。

　以前のようにぴしりと整った髪型も、ふっと口元だけを歪《ゆが》めて笑うクールな笑い方もしなくなった分、だいぶ親しみやすくはなったようだが、理人から見ればそれも意外な変化だ。

あの頃の及川は、今のように大口を開けて、周囲と一緒になってバカ笑いをするような男じゃなかった。

どこか大人びた横顔は、隙がないほど完璧で、凛々しくて。

そんな憧れの人が、自分の前でだけ見せる悪戯《いたずら》っぽい小さな笑みに、こっそりと心ときめかせていたことまで思い出してしまい、思わずブルリと小さく首を振る。

「あっ！」

「お、うまそーだな」

そのとき、脇からひょいと伸びてきた指が、弁当の中から食べかけの南蛮漬けをひょいとつまみ上げた。

顔を上げれば、たった今噂をしていたその人物が、手にした唐揚げを口に入れてもぐもぐと美味しそうに食べている。

「ん。この唐揚げ、甘酢の醤油漬けにしてあんのかぁ。うまいな」

「な、なにしてるんですか！」

「なにって、味見だよ味見」

……人の弁当から、手摑《てづか》みでおかずを盗んでおいてか。しかもよりにもよって、それは理人の食べかけだった唐揚げだ。

――十一年という月日は、まったくもって残酷だと思う。

あの頃、全校生徒の憧れの的だったクールな生徒会長様が、まさかこんなにも図々《ずうずう》しく、無神経な男へと成長するだなんて、誰が想像できただろうか。

みるみるうちに食欲が失せていくのを感じて、理人は手にしていた箸をぱちりと置いた。

「ちょっと所長。駄目ですよ。一ノ瀬は繊細なんだから。手摑みなんかでむしゃむしゃ食べたら、嫌われちゃいますよ？」

「ん？　そうか？　でも高校のときは、みんなで一緒のジュースを回し飲みしたりもしてたよな？」

「そうなんですか？」

「そうそう。あの頃の一ノ瀬は今より小さくて、めちゃくちゃ可愛かったからなぁ。うちの生徒会の中でも、こうマスコット的な存在でさ。口うるさいのと仕事ができるのは、今も変わらないけど…」

そこまでが限界だった。二人の話を聞いていられず、理人がバタンと弁当の蓋を閉じると、それに気付いた及川が『お？』と声を上げた。

「なんだ。もう食わないのか？　まだ弁当残ってるだろ？」

――人のことは放っとけと、今すぐ怒鳴りつけてやりたい。

だがその衝動をぐっと飲み込むと、理人はそのまま席を立った。

「……午後の成人検診の前に、書庫の片付けがありますので」

それだけ告げて、二人に背を向ける。

随分と大人げない行動だというのは、自分でもよく分かっていた。気に入らないからといって食事の途中で席を立つなんて、まるで癇癪《かんしゃく》持ちの子供みたいだ。

スタスタと歩き出した背後では、葉子が『ほらー、所長のせいで一ノ瀬拗《す》ねちゃったじゃないですか』とぼやく声が聞こえてきて、それがなおさら居たたまれなかった。

男でありながら、女性に対して興味を持つことができない。自分がそんな人間なのではないかと薄々意識し始めたのは、理人が中学生の頃だった。

友人たちがこっそり学校に持ってきていたグラビア雑誌。だがみんなが気にする胸の大きさやむっちりとした太股《ふともも》に、理人はあまり心惹かれなかった。

他にもある。クラスで一番可愛いと評判の女の子から映画に誘われたときよりも、その頃仲のよかった野球部の友人から、一緒に帰ろうと誘われたことの方が嬉しかったことだとか。

体育祭のフォークダンスで女の子と踊るより、彼からふざけてプロレス技をしかけられたときの方が、妙にドキドキしたことだとか。

そんな出来事がいくつか重なりはしたものの、そのときは単なる気の迷いに過ぎないはずだと、理人はそう自分に言い聞かせていた。

自分はまだ恋というものがよく分かっていないだけだ。恋の基準が人とは少し違うだなんて、そんなことあるわけないと。

それらが気の迷いなんかじゃなかったと決定的になったのは、理人が地元の高校に無事入学してすぐのこと。

その日は体育館で、新入生に向けた部活の説明会が行われていた。各部の代表が壇上へと上がり、五分程度のパフォーマンスを行うというものだ。

その中で理人の目を一番に惹いていたのは、壇上でパフォーマンスを行っている各部の代表などではなく、司会進行役を務めていた一人の背の高い男の姿だった。

こんなことを言うと『お前は夢見る乙女か』とバカにされそうだったが、理人の目には、彼の存在だけがくっきりと際立って見えたのだ。まるでそこだけ、スポットライトでも浴びているかのように。

説明会の最後に、その人が『説明会は以上で終了です。新入生諸君、お疲れ様でした』と言いながらふっと口元だけで笑ってみせたとき、理人は息もできなくなるような甘苦しい衝撃を受けるとともに、言い表しようのないショックも覚えた。

ああ……やはり自分は、普通の恋などできない類《たぐい》の人間だったのかと。

誰よりもキラキラと光って見えたその人物の名は、すぐに分かった。

及川映はとても目立つ存在だったため、理人がわざわざ調べなくとも、彼の情報ならば簡単に手に入れることができた。

剣道部に所属していることや、二年生ながら生徒会の副会長を務めていること。大きな総合病院の跡取り息子で、将来は医者としての輝かしい未来が待ち構えていることも。

帰宅部で学年すら違う理人とは、まるきりなんの接点もない。

それでもときおり食堂ですれ違ったり、生徒会からのお知らせで壇上に立つその姿を見かけるたび、まるで街中で突然アイドルにでも遭遇したかのように、ドキドキと無駄に胸をときめかせていた。

一言も言葉を交わすことなく、憧れの存在をただ一方的に見つめるだけの日々。

それでも、理人としてはそれなりに幸せだった。

こんないびつな恋心が成就するとはとても思えなかったし、及川に憧れている女の子なら掃いて捨てるほどいることも知っている。

体育祭や剣道の大会で、活躍する彼の勇姿にきゃーきゃーと歓声を上げる彼女たちの端っこに、こっそり名を連ねる勇気もないまま、ただ遠くから見ているだけで一年目は過ぎた。

そんな退屈な毎日が変化したのは、理人が二年に進級してからだ。

生徒会の顧問をしていた担任から、新年度になって人手が足りない役員の手伝いをやってくれないかと頼まれたとき、理人は一も二もなくそれを引き受けた。

人前でなにかするのは不得手だったが、憧れの及川先輩をもう少し近くで見ることができるかもしれないという甘い誘惑には、勝てそうにもなかった。

そうしてちょこちょこと生徒会に出入りするようになった理人が、ただの手伝いから新たな役員として正式に任命された頃、及川は満場一致で新生徒会の会長になっていた。

「……映先輩。またこんなところで寝てたんですか」

屋上の扉を開けると、校舎の陰になっている部分から、いつものようににょきりと長い足が飛び出しているのが見えた。

「んー…」

「そろそろ昼休み終わっちゃいますけど。ちょっと……、先輩？　聞いてます？」

理人の声が聞こえているのか、いないのか。気持ちよさそうに寝返りを打つその横顔は、普段のクールな表情よりもずっと幼く見える。

なんでも器用にこなすそつのない生徒会長様が、実は少しサボり癖のある昼寝好きと聞いたら、クラスの女子たちがショックを受けそうだ。

一緒の生徒会で働き出してから、約半年。がちがちの新人だった理人も、気が付けばいつの間にか戦力として期待され、先輩達からも可愛がられるようになっている。中でも特に目をかけてくれていたのが、ここで惰眠《だみん》を貪《むさぼ》っている及川だった。

一見するとクールで取っつきにくそうにも見えるが、それは表向きの話で、実際は結構お茶目でつきあいやすい男だということも、もう知っている。

普段は口端を軽く上げるだけであまり笑わない彼が、親しい人間の前でだけは目を細めて、小さく笑ってみせることも。

そのとき少しだけ覗く八重歯がなんだかとても可愛くて、理人はいつもそれを見るたび、ひどくドキドキとしてしまう。

息を殺してじっとその寝顔に見惚《みと》れていると、やがて及川の切れ長の目がゆるやかに開かれていくのが見えた。

「ん…」

黒く濡れたような色をした綺麗な瞳が、真っ青な空と、覗き込む理人を見上げて、不思議そうに瞬きを繰り返している。その黒い瞳に見つめられた瞬間、理人は胸の奥がぎゅっと手で摑まれたみたいに引《ひ》き攣《つ》れるのを感じた。

「……こんなところで寝てると、風邪を引きますよ」

「うん……ちょっと肌寒い…」

「なら早く起きてください。自分で昼には打ち合わせするとか言った癖に、生徒会室にいないから捜しましたよ」

「ん…」

頷《うなず》きながらもまだぼんやりとしているのか、及川が起き上がる気配はない。

仕方なく理人はその隣に腰を下ろすと、及川の身体に直接風が当たらぬように、風よけになってやった。

それに及川がふっと口元を上げて、目を細める。

「な、なに笑ってるんですか」

「いいやー？　いいお天気だよなーと思って」

「……そうですね」

及川はそのまま理人の方へとごろりと身体を横向けると、『あと五分だけ』と言いながら再び目を閉じてしまった。

「五分って……まったく。なんでいつもそんなに眠いんですか。あ、もしかしてまた、深夜映画を見てたんでしょう？」

「……うん」

「それとも勉強のしすぎですか？　この間の模試、全国版にまた名前が載ってたって聞きましたけど」

「…うん」

なにを言っても、夢うつつのまま『うん』としか答えない及川は、どうやら理人の話などろくに聞いていないらしい。

「聞いてませんね」

どうせまた『うん』と答えるのだろうなと思いつつ、溜め息交じりに呟《つぶや》くと、その予想に反して及川はくすりと笑った。

「ちゃんと聞いてるよ」

「な…なら、もう起きたらどうですか」

そんな小さな笑みにまで、いちいち呼吸を止められそうになってしまう自分が怖い。

「いいから、もっとなんか話せよ。……理人の声は、聞いてて気持ちがいい」

なにげない台詞に、一瞬、胸の奥に震えるような喜びが走り抜けるのを感じた。

――必要以上に、嬉しがってはいけない。それを表に出すことも。

「……俺の話は、先輩の子守歌代わりなんですか?」

照れくささを誤魔化《ごまか》すように、素っ気なく言い放つと、及川は目を閉じたままふふっと肩を揺らした。その楽しそうな横顔に、ますます胸の奥が熱く痺《しび》れる。

こんな風にリラックスしている彼の姿を見るのは、久しぶりだ。

ここ最近の及川は、受験シーズンを控えてよく眠れていないのか、顔色があまりよくなかった。

疲れているのかもしれない。受験だけでなく、部活のことや生徒会の引き継ぎなど、多忙を極める彼の生活ぶりは、傍で見ている理人が一番よく知っている。

「……予鈴が鳴るまでですよ」

どうせこの時間からでは、打ち合わせなどろくにできやしないだろう。

仕方なく呟くと、微《かす》かに及川の唇が上がった気がして、理人は視線を無理矢理そこから引きはがした。

さらりとした風や高くなった空が、いやおうもなく秋の訪れを告げている。ここで及川が昼寝できるのも、あとほんの少しの間だけだろう。

それだけじゃない。半年後には——彼はもうここにはいないのだ。

そう思ったら、ふいに胸が千切れるような切なさがこみ上げてきて、理人は慌てて立てた膝《ひざ》の上に顔を伏せた。

半年前はただ見ているだけで幸せになれる、テレビの中のアイドルのような存在だったのに。

今は……もうそうじゃない。こんなにも胸が痛くなるような愛《いと》しさは、ただの憧れなんて言葉だけじゃ、誤魔化せなくなっている。

それでも、この恋心を悟られるわけにはいかなかった。こんな風に、自分の横で安らかに目を閉じている彼の姿を見ているだけで、ふいに泣きだしたくなっていることも。

及川が自分を可愛がってくれるのは、生徒会の後輩だからという、ただそれだけだ。

もしこんな気持ちを知られたら、きっとそんな風にも思ってもらえなくなる。だからこそ理人はなにも言うつもりはなかった。

……彼は、なにも知らないままでいい。

その代わり、こうして及川と一緒にいられる時間が、ほんの少しでも長く続きますように。

そう祈ることだけが、あの頃の理人にできる精一杯の片恋だった。


その騒ぎに理人が気が付いたのは、保健センターが閉まる夕方に近い時間だった。

「あれって迷い犬？」

「違うんじゃない？　リードで繋《つな》がれてるし。……まさか、捨て犬じゃないわよね」

「でも朝からもうずっとあそこに繋がれっぱなしでしょ。主人に待たされてるにしても、ちょっと長すぎじゃないの？」

一階のカウンターを片付けていた理人は、パートの看護師たちのそんな話し声につられるようにして、センターの外へと顔を出した。

見ればたしかに、センターの入り口に大きな犬が一匹、寝そべっている。

頭から尻尾《しっぽ》まで見事なほど真っ黒な犬だ。赤い首輪をしており、そこから伸びたヒモが保健センターの門にくくりつけてあった。

どうやら人懐っこいたちらしく、センターから出てきた赤ちゃん連れの母親達に向かって、懸命に長い尻尾を振っている。

――なんであんなところに、犬がいるんだ？

保健センターに用のあるご主人様に連れられて、散歩がてらときどき犬がやってくることはある。だがセンター内は盲導犬以外の動物は立ち入り禁止のため、犬は外で待たせておくのが決まりだ。

その犬も多分、そうした主人待ちの犬だろうと初めは考えられていたようだ。

しかし午前中から繋がれたまま、午後になってもいまだに引き取り手が現れる様子がない。

飼い主の姿を見た者すらいなかった。

五時になれば、センターの表門は閉まってしまう。

どうしたものかと話をしていたとき、二階から降りてきた浅井が『嘘《うそ》。まだあの犬いたの』と驚いたように目を瞬かせた。

「あれって、あの若い男が連れてきた犬でしょ。茶パツでロン毛の。あんな大人しそうな犬に向かって怒鳴りつけてて、なーんか感じ悪かったのよね」

「浅井はあの犬の飼い主を見たのか？」

「朝の訪問に出るときに、ちらっとだけね。車でわざわざ犬を連れて降りてきたから、なんか変なのと思って。犬の散歩のついでなら、普通、車でなんてこないじゃない？」

言われてみればたしかにそうだ。つまり浅井が朝その飼い主の姿を見てから、すでに七時間近く、あの犬はあそこで繋がれたままということになる。

炎天下というほどではないが、五月も下旬となるとかなりアスファルトの照り返しが強いし、気温も高い。

日陰もなにもない場所で、ぽつんとたった一匹、まだ帰らぬ主人を待ち詫《わ》びているのかと思ったら、なんだか無性に切なくなってきた。

「あれってラブラドールでしょ。さすがに大人しいわねー。ぜんぜん鳴かないから、今も外にいたなんて気が付かなかったわ」

ラブラドールとは盲導犬や介助犬に適した、大人しくて人懐こい犬種らしい。

そんな説明を浅井から受けている間にも、終業のチャイムが鳴り響き、最後まで中に残っていた区民が数人、センターの中からぱらぱらと出てくるのが見えた。

だがやはりその中にも、浅井が今朝見たという茶パツの男の姿はなかった。

「これはもしかしたら、あれかもね…」

「あれ？」

「飼育放棄よ。ちょっと一ノ瀬、所長か環境課の係長を呼んできてくれる？　表に飼育放棄っぽい犬がいますって伝えて」

「なんで俺が…」

「私は保育所のお迎えの時間なの。どうせ一ノ瀬は今日も残って、書庫整理していくんでしょ。ついでじゃないの。あの犬があそこにいたら、門も閉められないいんだしさ」

そう言うとさっさとロッカールームへと消えた浅井を横目で恨めしく見つめながら、二階の事務所へ戻った理人は、珍しくも真面目に机に向かっていた及川の姿をそこに見つけた。

「所長」

「んー？」

どうやら及川は、健康診断の結果をチェックしていたところだったらしい。いくつものカルテを広げて、赤い字でなにやら細々と書き込んでいる。

「表に、犬がいるんですが…」

「ああ。このあたりって、犬飼ってる人多いよな」

「……それが、朝から門に繋がれたままらしくて。浅井さんの話によれば、主人らしき若い男が車で連れてきたとかで、たぶん飼育放棄なんじゃないかと言ってます」

赤いペンを持つ手がピタリと止まり、及川が顔を上げる。

その黒い瞳と間近で目が合った瞬間、なぜか理人は、どきりと大きく胸の奥が脈打つのを感じた。

「そうか。……よし、一ノ瀬ちょっと一緒にこい」

「え？」

なぜ自分まで呼ばれるのか分からないまま、その勢いに飲まれるようにしてついていく。

門のところでは先ほどと同じように、ヒモで繋がれた黒い犬が大人しく地面に伏せているのが見えた。及川と理人が近づいていくのを見つけると、犬は伏せていた身体を上げ、尻尾を激しく振り始める。

どうやら人が来てくれたことが嬉しいらしい。

「黒のラブラドールか。おい、犬。お前のご主人様はどこだ？　ん？」

「ちょ、ちょっと！　所長！　知らない犬ですよ」

白衣姿のまま、ためらいもなく地面に膝をつけた及川が、犬に手を伸ばすのを見てぎょっとする。犬など飼ったこともない理人からしてみれば、いくら大人しそうに見えても犬は犬だ。いつ及川に牙を剝《む》くかと思うと、それだけでひどくハラハラしてしまう。

だが理人の心配をよそに及川が犬の頭や頰《ほお》を撫でると、犬の方も撫でられるのが嬉しくてたまらないといった様子で、べろべろと及川の顔を舐《な》め回し始めた。その尻尾は、今にもちぎれんばかりに振られている。

「よーしよし。……そうか。お前、喉が渇いてるのか。もしかして腹も減ってるのか？　そりゃそうだよなー。こんなところに一日中放っておかれてたらなぁ」

「……所長。なんで犬と会話してるんですか」

「え、するだろ。普通」

「しませんよ。普通。だいたい、犬とは会話なんかできないでしょう？」

「できるだろー。なーんだ、一ノ瀬はできないのか」

——普通はできませんから！

そう突っ込んでやりたかったが、それでまた拗ねているとでも思われたらたまらない。

じとっとした目で犬と及川を眺めているうちに、及川がふいにこちらを振り返った。

「一ノ瀬。一階の流しに洗面器が置いてあるだろ。あれに水汲んで持ってきてくれ」

「はぁ？　どうして俺が…」

「お前じゃ診察室の中なんて分かんないだろ。それとも消毒液とテープと滅菌ガーゼ、持ってくるか？」

「なんでそんなものが必要なんです？」

「こいつ、足をケガしてるみたいだから」

「えっ」

全身の黒い毛のせいでよく分からなかったが、よく見ればたしかに右後ろ足のあたりの毛が薄く剝げ、かなり赤くなっている。そのせいか、片足を引きずっているようにも見えた。

「……洗面器、取ってきます」

それに顔色を変えた理人は、くるりと向きを変えると、急ぎ足でセンターの中へと戻っていった。

「おいおい、そんなにがっつかないで、ゆっくり飲めよ」

洗面器をなにに使うのかと思ったら、どうやら犬に水を飲ませるためだったらしい。

及川に足の処置をしてもらったあと、美味しそうに水を飲み始めた犬の頭を見下ろしながら、理人はこっそりと溜め息を吐き出した。

「でも……どうしてうちのセンターに、犬を置いてきぼりになんてしたんでしょうね」

「んー…。昔は都内でも、保健所が野良猫や野良犬を取り締まってたからな。たぶん今でもそのイメージが根強く残ってるんだろ。そのせいで、いらない犬や猫は保健所に引き取ってもらえばいいってな。……ときどきあるんだよ、こういうケースも」

もし本当にそんな理由でここへ連れてこられたとしたのなら、この犬はとても悲しい存在だと思う。飼い主だった主人から、いらないものとして持ち込まれたということなのだから。

現在、特別区の保健所では、野良猫や野良犬に関する業務を直接には取り扱っていない。そうした動物達は、動物愛護センターが中心となって保護している。

それでも時折、『うちの縁の下に野良猫が住み着いちゃったから、今すぐ引き取りに来てよ』

などというヒステリックな電話が、保健所へかかってくることもある。

聞けば今回のように、保健所へ犬や猫を直接捨てに来るようなケースも、ままあるらしかった。

「それで……この犬はどうしたらいいんでしょう？　動物愛護センターの方でしばらく預かってもらえるかどうか、聞いてみましょうか？」

このまま一晩、ここに置いておくわけにもいかないだろう。

もしかしたら留守番をさせているうちに、その主人がなんらかの事情で戻れなくなり、置いてきぼりをくらっているというケースもあり得なくはない。

ならばセンターに一度預けた方がいいのではないかと思ったのだが、及川はちらりと目を向けただけで、それには頷かなかった。

「一ノ瀬、知ってるか？」

「なにをですか？」

「動物愛護センターでの預かりは、基本的に三日から七日程度だ。その間は迷い犬、迷い猫として保護されるが、もし飼い主が現れなかった場合は全てが殺処分の対象となる」

「それは……聞いています」

その話を耳にしたときは、正直、眉をひそめた。

愛護センターに預けられた動物の命の猶予《ゆうよ》は、長くて一週間。短ければ三日ということもありえる。その期間を過ぎれば全てが処分の対象だ。

仕方のない話とはいえ、やるせないことに変わりはなかった。

動物ボランティア団体の中には、愛護センターからそうした動物を引き取っては、避妊手術や躾《しつけ》を施して、新しい里親を探しているグループもいる。

だが、それで全ての命を助けられるわけではない。

日本国内だけでも、センターで殺処分される動物の数は、年間二十五万〜三十万頭とも言われている。日に換算すると、一日に八百頭以上という、ものすごい数だ。

近年のペットブームの中、毎日のように安易に命が買われていく。

だが大きくなるにつれて手がかかったり、エサ代がかかったり。引っ越しや旅行の邪魔だからという理由で、簡単に捨てられる機会も多くなった。

新しいペットを飼ったから前の子はもういらないと、そんな理由だけで運び込まれるケースも少なくはないらしい。

まるで子供が遊び飽きた縫いぐるみを、ぽいとゴミの日に捨てるみたいに。

「じゃあこの話は知ってるか?」

「なんですか」

「基本的にセンターで預かる動物は、迷い犬や迷い猫の可能性がある場合のみと限られてる。そのため、ペットの飼い主自身が持ち込んできた場合は、即日処分の対象となる」

「……即日って…」

「飼い主本人が持ち込んできたんだ。生かしておいたところで引き取りはないし、食費がかさむだけだからな。つまり、愛護センターに飼い主が自分のペットを持ち込むってことは、『もういらないから今日のうちに殺してください』って頼みにいくようなもんなんだよ」

正直、かなりショックな話だった。

生々しい事実を突きつけられて、ようやくそれが動物愛護センター内での現実なのだと実感する。

「どうする？　それでもセンターに連絡してみるか？」

尋ねられて、慌ててふるふると首を振る。

「なら……そうだ。うちにもよく出入りしている、動物ボランティアの方にお願いしてみてはどうでしょう？」

そのとき、一階の交流広場にいつも里親募集のチラシを貼っていく女性の存在をはっと思い出した。

こんなときだけ頼ってしまうのは心苦しかったが、背に腹は代えられない。

これからはチラシ貼りでもなんでも積極的に手伝うので、なんとか頼めないかと提案すると、及川は『まぁ、無理だろうな』とあっさり首を横に振った。

「里見《さとみ》さんのところだって、今いる保護動物だけで手一杯だよ。しかも彼女のところは捨て猫がメインだからな。こんな大型犬を預かれるような余裕はないだろ。それにこの犬は高齢の大型犬で、後ろ足まで引きずってる。ボランティア団体も、できるだけ引き取り手の多そうな、子猫や子犬から優先的に引き取っていくからな。残念ながらこの犬は里親がつきやすそうなタイプじゃない」

「…そんな…」

成り行きで関わっただけとはいえ、このあとの行き先はもう処分しかないと聞いてしまえば、さすがに無関心ではいられなかった。

途方に暮れたまま、尻尾を振っている犬をじっと見下ろす。

不思議そうな顔で首を傾《かし》げて、こちらをじっと見上げてくる黒い犬。

自分の行く先が話し合われていることに、気が付いているのだろうか。

穏やかで優しそうな黒い瞳からはなにも読み取れなかったが、なぜかその濡れたような黒い瞳は、及川の瞳を思い起こさせた。

「一ノ瀬。お前ってさ、今もまだあそこに住んでんの？　高校からちょっと行った先の、川沿いの家」

ふいに思いだしたように呟かれた台詞に、どきりとした。

まさか、及川が理人の家のことまで覚えているとは思わなかったからだ。

理人の家は、このセンターから歩いて二十分程度の距離にある古ぼけた一軒家だ。

もともとは祖父の持ち家だったが、理人が小学生だった頃に両親が離婚し、母と一緒に理人も母の実家へと身を寄せた。以来、二十年近くあの家で暮らしている。

「ええ……まぁ。住んでますけど？」

「あそこなら小さいながら庭もあるし、おあつらえ向きの一軒家だよな。そっかー。よかったな、犬。預かり先が綺麗なお兄ちゃんのところで」

いきなり訳の分からない会話を犬と始めた及川に、ぎょっとした。

まさかそれって……。

「ちょ、ちょっと待ってください！　あの……うちじゃ、犬なんて飼えませんからね？」

「ああ、飼わなくてもいいよ。コイツの引き取り先が見つかるまで、一時期、預かってくれるだけで」

「それも無理ですよ！」

「なんで？」

そんなきょとんとした顔で、こちらを見上げないで欲しい。

「な、なんで…って、犬なんてうちでは今まで一度も飼ったことないですし。だいたい今は一人暮らしなので、犬の面倒まではとてもじゃないけど見られませんから！」

祖父が病気で亡くなったあと、女手ひとつで理人を育ててくれていた母も、五年前に再婚して、今では新しい夫と別の地で暮らしている。

今ではあの家には理人が一人きりで暮らしているだけで、他に面倒を見てくれるような相手もいなかった。

「預かっていっても、たいしたことはしなくてもいいから平気だって。朝と夕方の散歩ぐらいならお前でも行けるだろ。どうせこの犬の足じゃ、それほど遠くまで歩き回れないだろうしな。見たところ無駄吠《ぼ》えをするタイプでもなさそうだし。エサと水だけちゃんとやってくれれば…」

「そうじゃなくて！　だいたいそこまで言うなら、どうして所長が自分で引き取らないんですか」

「うちはぼろっちいアパート暮らしで、動物厳禁」

「で、でも、動物の扱いなんか俺だってよく分かりませんし！」

自慢ではないが、理人はこれまで動物に触れた経験がほとんどない。もちろんペットなど飼ったこともなければ、友人の家の犬や猫に触れたこともあまりなかった。

大人になってからは、もともと潔癖気味だった性格がさらに悪化し、動物どころか人ですら触れることをためらっているほどなのだ。

そんな自分に、いくら大人しいとはいえ、こんな大きな犬の世話が務まるとはとても思えなかった。

「だいたい散歩とか、どうすればいいんですか！」

「簡単だって。リードさえ持ってれば、犬なんて好き勝手に歩いていくから。なるべく散歩中にトイレをさせて、あ、もちろんフンはビニール袋に入れて自分で持ち帰れよ」

まるでもう決まったも同然の態度で話を進める及川に、理人は目の前が真っ暗になるのを感じた。

……駄目だ。このままでは本当に、自分がこの犬の世話をすることに決まってしまう。

それは無理だ。自分にできるとはとても思えない。

ならばその理由を今ここで口にしなければ。恥ずかしがっている場合ではない。

理人はぎゅっと手のひらを握りしめると、すっと息を吸い込むようにして、重い唇を開いた。

「……れないんです」

「うん？」

「だから、俺はっ……動物に触ることができないんです！」

こんな情けないこと、本当はいい年して言いたくはない。

耳まで真っ赤に染めながらも本当の理由を吐露すると、及川はしばらくぽかんとした顔をしてまじまじと理人を見上げたあと、『そうか…』と大きな溜め息を吐きだした。

「なら、仕方がないな」

「所長…」

ようやく分かってくれたのかと、ホッと胸を撫で下ろす。

だが次の瞬間、及川の口から零れ落ちた言葉は、理人の予想を超えたものだった。

「じゃあ俺がしばらくはお前の家に通って、散歩だけでも手伝ってやるよ」

ぐらりと、大きく身体が傾いだ気がした。

――どうして、今のこの流れでそんな話になるんだ…？

この男と再会してからすでに何度目になるか分からない目眩を覚えて、理人は顔を覆った。


「おー、この家もすっごい懐かしいなー」

勝手知ったる様子で玄関で立ち止まった及川を見て、理人は零れそうになる溜め息をぐっと飲み込んだ。

その足元には、当然のようにちょこんと黒い犬も座っている。足の付け根付近に貼られた白いガーゼが、黒い毛の中でそこだけ目立って痛々しい。

及川がリードを持って歩きだすと、犬はひょこひょこと跳ねるようにしながら、ゆっくりとあとをついてきた。

足が悪いせいなのか、それとも初めての場所が興味深かったのか。犬があんなにも、あちこちと立ち止まっては、匂いを嗅ぎたがる動物だとは知らなかった。

おかげで犬が立ち止まるたび、理人も足を止めては振り返り振り返りしていたため、家までの道のりが、今日は倍近くもかかってしまった。

ようやく玄関が見えた頃には、犬も人間もすっかり疲れ果てていた。

「とりあえず、庭の柵のところにでも繋いでおけばいいか？」

「……好きにしてください。でも、俺が通れなくなるような場所はやめてくださいね」

一時的とはいえ、預かると決まった以上、気が重くても責任は持たなくてはならない。

途中、立ち寄ったスーパーで犬用のドッグフードは買ってきた。なにがいいのか分からなかったので、店員に勧められるまま一袋購入したのだが、今時のスーパーにはペットフードまで置いてあるとは驚きだ。

ついでにエサ入れになりそうな皿も見繕ってやり、及川に指示されるまま、ドライフードと水を庭先に用意してやる。

「あとは朝と晩の一日二回、エサと水をあげればいいから。散歩だけは俺がセンター行く前と帰りにでも、ここに寄ってやるよ」

「……できれば、散歩だけじゃなくてエサもお願いしたいんですが…」

先ほどこわごわとエサを運んできた理人に向かって、嬉しそうに飛びかかってきた犬を目にした瞬間、理人は思わず『ひっ』と声を上げて硬直してしまった。

及川がその首を押さえつけてくれたおかげでなんとか事なきを得たが、これを明日から一人でやれと言われても困る。おおいに困る。

　及川がされていたように、もしもあの長い舌で顔をべろべろ舐め回されたりしたら、たぶん自分はその場で息が止まってしまうに違いなかった。

「それは駄目だよなー。犬」

だが及川は、その提案をあっさり却下すると、犬の横にしゃがみ込むようにして声をかけた。

「なんでですか」

「エサっていうのはさ、生き物としての上下関係をつけるために大事なもんなんだよ。この家の主人は一ノ瀬だろ。なら、ちゃんと一ノ瀬が主人としてエサを与えて、威厳を示さないとな」

「別に俺は、その犬の主人じゃありませんから。行く当てがないというから一時的に預かっているだけです。……だいたい、さっきから犬ってなんなんですか。犬って」

　いくらなんでも、その呼び方はないだろうに。

「名前なんて知らないもんな？」

　そうやって犬と一緒にこちらを見上げながら、同じ角度で首を傾げたりしないで欲しい。

　いい年した男のくせに、そういう仕草が妙に可愛くて似合っているのが、ますます理人の苛《いら》立《だ》ちを募らせる。

「名前なら、所長がなにか適当に付けてあげればいいでしょう？」

「いやいやそこはやっぱり、お前が決めてやらないと」

「……だからどうして俺が？」

「命名権の権利と義務は、飼い主のお前にある」

「だから、俺は飼い主じゃありません！　あくまで、一時的な預かりです！」

これだけはなんとしても譲れないラインだ。このままずるずると犬を飼う羽目になるのだけは、絶対に避けなければ。

「まぁまぁ。一時的な話にしても、ここの家主は一ノ瀬だろ。なら犬が混乱しないよう、誰がこの家のボスかってことを教えといてやらないといけないいんだよ。犬は縦社会に生きてるからな。いわば俺たち公務員と同じだな」

……なるほど。公務員と同じという説は横に置いておくにしても、エサやりや名前付けに、そんな意味あいがあるとは知らなかった。

だが、いきなり名前を付けろと言われても、今すぐぱっとなど思いつかない。

なにしろ動物に名前を付けるなんてことすらも、理人にとっては初めての行為なのだ。

「名前って……なんでもいいんでしょうか」

「いいんじゃないか？　お前が、コイツを見てこれって思った名前なら」

尻尾を振りつつ、期待に満ちた目でこちらをじっと見上げてくる犬の瞳を見つめ返す。

濡れたようなその黒い瞳はなぜだか及川の黒い瞳を思い起こさせたが、理人はその考えを無理矢理振り切ると、こほんと一つ軽く咳払《せきばら》いをした。

「……クロ」

「え？」

「クロ、でどうでしょう？」

自分でも、芸のない名前だとは思ったが、仕方がない。他にはなにも思い浮かばなかったのだから。

「……いいんじゃないの」

「……なら、なんで笑ってるんですか」

犬の首に手を置いたまま、肩を震わせている及川をじろりと見下ろす。

声こそ出していなかったものの、彼が笑っているのはその肩を見ただけでもわかった。

「別にー？　実に単純だなとか思ってないよなー？　クロ」

「わ、悪かったですね！　ならやっぱり、所長がなにか考えてあげてください！」

「いやいや、クロもこの名前、すごく気に入ったよな？」

まるで当てこするかのように犬に向かって『クロ』と呼び始めた及川に、理人は耳まで真っ赤になると、握りしめた手をぷるぷると震わせた。

そのとき、及川の横で大人しく座っていた黒い犬が、突然すくっと立ち上がった。

「うわっ」

「あ、こら」

いきなり距離を詰められてしまっては、避ける間もない。

及川が首輪を摑むよりも早く、近づいてきたクロが理人の手の甲をべろりと舐める。

生温かく濡れた感触を手の甲に感じた瞬間、理人はざーっと音を立てて、全身から血の気が下がっていくのを感じた。

ブリキのオモチャのように、かくかくと首を曲げて犬を見下ろす。黒い犬はまるで褒めてほしいと言わんばかりに尻尾を振って、こちらをじっと見上げてきた。

「ほら、クロこっちにこい。そっちのお兄ちゃんはな、お前みたいな大きな犬にいきなり詰め寄られると、怖いんだとさ」

犬が怖いわけじゃありませんと言い訳をするよりも早く、理人は回れ右で慌てて家の中へと飛び込むと、洗面所でごしごしと手を洗い始めた。

側に置いてあった除菌用の泡立ち石けんを何度もつけ、念入りにごしごしと両手を重ね合わせていく。

たっぷり三分はかけて、手を綺麗に洗い終えただろうか。ようやく気を落ちつけた理人が真新しいタオルで手を拭《ふ》きながら洗面所から出てくると、玄関の扉にもたれたまま、なにやら物言いたげな視線でこちらをじっと見ている及川と目が合った。

その瞬間、理人ははっと彼の存在を思い出した。

——最悪だ。こんなところを、及川だけには見られたくなかったのに。

「一ノ瀬、お前さ」

「……なんですか」

「高校時代も、そんなに潔癖だったっけ？」

遠慮もなくズバリと痛いところを切り込まれて、ぐっと声を詰まらせる。

——ほっといてくれ。

もはや自分でも病気に近いと思える性癖について、及川に言及されるのは居たたまれなかった。

父と別れたあと、実家に戻った母と理人を迎えたのは、頑固者の祖父だった。

かなりの綺麗好きで曲がったことが嫌いだった祖父に、まだ子供だった理人も歩き方から挨拶《あいさつ》の仕方まで、徹底して叩き込まれた。

理人がやや潔癖気味に育ったのも、四角四面すぎると陰口を叩かれることがあるのも、この祖父の影響がかなり大きいと思う。

脳卒中で呆気《あっけ》なくこの世を去ったあとも、『世間様に顔向けできないような真似はするな』という祖父の教えは、理人の中で深く根付いていた。

自分がゲイだと気付いたとき、まるで世間の輪の中から弾かれた出来損ないのように思えたのも、この祖父の存在が大きかったように思う。彼が生きていたなら、きっと男の自分が男を

好きになるなんて、考えることすら許されなかっただろうから。

その後も諸々の出来事が重なって、年々潔癖がひどくなっていったのだが、それを及川に説明する気は毛頭なかった。

「……ええ。そうですよ」

「嘘つけ。昔はもっとマシだっただろ。この前だって、ちょっと俺に手掴みで弁当食われたぐらいで真っ青な顔してたくせに」

一瞬、視界が赤く染まった気がした。

――あんたにだけは、そんな台詞を言われたくない。

そう言ってやりたい衝動を、必死に堪える。

「もともと……綺麗好きだったのが高じて、少し潔癖度が増しただけです。電車通勤が嫌で、就職先も地元を選んだくらいなので」

「大学はどうしてたんだ?」

「大学には四年間、自転車で通いました。ここからなら一時間もかかりませんし」

「へぇ。そりゃ健康的だな」

「……別に、呆れてくれて構いませんよ」

いい年した男が、なにかあるたびいちいち手を洗わないと落ち着かないだなんて、自分でも本当はうんざりしているのだ。それでも一度身についた癖は、そうやすやすとは変えられなかった。

「電車やバスは苦手というだけで、普通に乗れます。ただ人混みにいると、ときどきものすごい具合が悪くなることがあるので、なるべく避けてるだけです。それと、犬も怖いからとか、そういうわけじゃありません。……全般的に苦手なんですよ。なにかに触れたり、触れられたりするのが」

バカにして笑うなら笑えばいいと、半ば投げやりな気持ちで吐露したものの、予想に反して及川はそれを笑ったりはしなかった。

それどころか、じっとこちらを見つめてくる視線がひどく真剣なものだったので、理人はドキリとして自分から視線をそらしてしまった。

「……どうせこんな情けない話、あなたみたいな人には分からないでしょうけどね…」

「まさか。俺にだって怖いものぐらい、たくさんあるよ」

「嘘ばっかり」

「嘘じゃねーって」

及川のような男に、弱点があるとはとても思えなかった。

いつも人の中心にいる及川は、理人のようなくだらない悩みなど一度も抱えたことがないような顔で、にこやかに笑っている。高校生だった頃も、今も。

そんな風に自信に満ちあふれた男が、口先だけで人を宥《なだ》めようとするなと睨み返すと、及川はなぜかふっと目を細めた。

そこに思わぬ優しい笑みを見つけて、理人は思わず狼狽《ろうばい》してしまう。

「な、なら教えてくださいよ。所長はいったいなにが一番、怖いんです?」

だが及川は、理人のその質問には答えなかった。

「……なぁ。お前さー、それっていつまで言うわけ?」

反対に問い返されてしまい、なんのことかと目を瞬かせる。

「なにがですか?」

「所長ってやつだよ。ここはもう仕事場じゃないだろ。一ノ瀬に、外でも『所長』『所長』言われると、なんかこう脇腹がむずむずするんだよな。こっちはお前が名前で呼ぶなって言うから、ちゃんと一ノ瀬って呼んでるのにさー」

……そんなことで、いちいち唇を尖らせて拗ねないで欲しい。

本当にこの人は、高校時代のあの憧れだった人物と、同一人物なんだろうかと疑いたくなってくる。

「所長は所長なんですから、仕方ないでしょう?」

「別に俺は、前みたいに先輩呼びでも構わないって…」

「呼びません」

きっぱりと言い切ると、及川はしょぼくれたように視線を落とした。

それがまるで先ほど、理人に飛びかかろうとして叱《しか》られたときの犬と同じ表情に思えて、なんだかこちらがひどいことをしているような気分になってくる。

「……分かりました。それで……及川さんは、いったいなにが怖いんですか？」

仕方なく、こちらから折れてやる。

彼を名字で呼ぶのはなんだか新鮮で不思議な心地がしたけれど、それを及川に悟られるのは癪だったので、努めて平然とした顔で理人は先ほどの質問を聞き直した。

「んー。ナイショにしてくれるなら、お前にだけは教えてもいいけど？」

「……いいですよ。内緒にしておきます」

もったいつけるわりに、及川の顔に悲壮感はない。

どうせたいした話ではないのだろうと思いつつ、その目をじっと見つめると、及川は悪戯《いたずら》っぽく目を細めた。

「理人」

「はい？」

なぜ今また、突然名前を呼ばれたのか分からず、一瞬、首をひねる。

だがそんな理人に向かって、及川は唇の端を上げてニッと笑ってみせた。

「……水だよ」

「水？」

「そ。大量の水。だって俺、泳げねーんだもん」

「まさか……」

高校時代、スポーツ万能だったはずの及川が、泳げないとは思わなかった。

いい加減な嘘を言っているんじゃないかと思って、眉を寄せてしまう。

「いや、ほんとほんと。だって俺高校を選ぶとき、プールないとこって理由であそこを選んだぐらいだし」

けろっとした顔で笑いながら弱点を告げる及川を見ていても、それが本当か嘘なのかの判断はつきそうにもなかった。

「だからもし俺が川で溺《おぼ》れてたら、一ノ瀬が助けにきてくれよな?」

「……俺が、及川さんを担いで泳げるように思えますか?」

「あはは。お前、今も昔と変わらず細っこいもんなー」

バカにされているようでムッとする。たしかに筋肉質とはほど遠いが、上背もあって広い肩幅をしている及川からそう言われるのは、癪だった。

「そうですよ。だから溺れたら、犬かきでもなんでもして一緒に泳いでもらいますから。覚悟してくださいね」

わざと冷たく突き放したつもりだったのに、なぜか及川は理人のその言葉に目を丸くしたあと、くしゃりと相好を崩した。

「あー……変わんないよな。そういうとこ」

「はい？」

「そういうとき、『なら置いていきますから』とか言わないところが、お人好しの一ノ瀬だよなーと思ってさ」

一瞬、耳まで熱くなるのを感じた。

「べ、別に俺はお人好しなんかじゃ…」

「そうかー？　担任に頼まれたからって、役員でもないのに生徒会で毎日タダ働きしてたくせに。普通は生徒会なんて、目立ちたいやつか、内申書上げたいやつがやるもんなのにな」

それは、理人には他の人とは少し違うところに目的があっただけの話で、べつにお人好しというわけでもなんでもない。

だがそれを説明するとなると、その目的まで話さなくてはならなくなる。それだけはごめんだと、理人は顔を赤らめたまま黙り込んだ。

「今だって、結局クロの面倒まで見てるしさ」

「それは完全に成り行きです！」

と言うか、巻き込んだはずの張本人がなにを言うかと思って睨み付けると、及川は『またまたー。どうせ放ってなんかおけないくせに』と笑った。

「まぁ、クロの貰《もら》い手についてはなるべく早く見つけてもらえるように、里見さんには俺から連絡しとくから。じゃ……お疲れさん」

及川が笑いながら手を上げると、唇の端から片方だけ八重歯がちらりと覗く。

――あ…。

懐かしいそれを目にした途端、急速に十一年前へと時間が巻き戻されていくのを感じて、理人は震える指先にぎゅっと強く力を込めた。


暗い橋の上で、制服姿のままじっと立ち尽くしているその後ろ姿を目にしたとき、理人は一瞬どきりとした。

いつもこっそりと見ているそれに、よく似た背中。

まさか。……受験生の彼がこんな時間、こんな場所にいるはずがない。

大きな河原沿いの国道は、夕方なら犬の散歩やマラソンをしている人の姿をよく見かけるが、さすがに夜も八時を過ぎたこの時間では人影もまばらだ。

コンビニと全国チェーンのドーナツ屋が一軒ある以外は、どちらかというと住宅街にほど近いこんな場所に、及川がいるはずもなかった。

だが橋の近くまでやってきたとき、通り過ぎる車のライトにぼんやりと照らされた横顔を目にした理人は、小さく息を飲み込んだ。

――やっぱり……先輩だ。

光の加減のせいだろうか。橋の上から暗い川の流れをじっと見つめるその横顔が、なぜかぞっとするほど無表情に見えた。

「……映先輩？」

思い切って恐る恐る声をかける。すると、はっとしたようにこちらを振り返った男は、少し驚いた様子で目を瞬かせた。

「ああ、なんだ。……理人か」

途端にクールな顔立ちがふっとほころび、唇の端が少しだけ上がる。いつもと同じ笑みを見せてくれたことにほっとして、理人は慌てて駆け寄っていった。

学校外で彼と話ができる機会なんて、滅多にない。

「こんな場所で、どうかしたんですか？」

「お前こそ、なんでこんなところにいんの？」

「買い物の帰りです。うちの家、この近くなので」

「へぇ…そうなのか。地元出身だとは聞いてたけど、通学が楽でいいな」

理人たちの通う高校は、ここからなら自転車で十五分ほどで着く。

駅からは少し離れているが、緑も多く、近くには区民センターや図書館もある。

「先輩こそ、こんな時間にどうしたんですか？　あ、もしかして図書館からの帰りとか？」

思わぬ場所で、偶然顔を合わせた喜びにニコニコとしながら問いかけると、及川は目を細めて『…ん。まぁ、そんなとこ』と軽く唇の端を上げた。

その顔を目にして、ピンと気付く。

どうやらこれは野暮な質問だったらしい。

学校の内外問わずモテる及川には、いつも女性の影が絶えない。一人の相手と長続きしないのが玉《たま》に瑕《きず》だが、二股などのような不誠実なつきあい方はしないせいか、及川がしょっちゅうつきあう相手を変えても、不思議と彼の悪い噂をあまり耳にしたことはなかった。

……多分、今日も彼女の家にでも寄っていたのだろう。

顔を合わせたのはその帰り道に過ぎないというのに、まるで主人を見つけた犬のように、喜び勇んで駆け寄っていった自分が恥ずかしかった。

「……ええと、じゃあ。俺はこれで。あの……勉強、頑張ってください」

恥ずかしさに消え入りそうな気持ちで、そそくさとその場を離れかけたとき、及川の方が『理人』と声をかけてきた。

「は…はい？」

「お前さ、腹空いてない？」

「え？」

「今から、メシにでもしようかと思ってたとこだったんだけど。よければお前も一緒にどうだよ？　心優しい先輩が奢《おご》ってやるけど。ちょうどあそこに店もあるし」

「でも……あれ、ドーナツ屋ですよ？」

「肉まんとか、麺類なんかも少しは置いてるだろ。この時間だと入れる店って限られるんだよな。ファミレスだと駅前通りまで出ないといけないし。駅前は飲み屋が多いから、制服のままだと色々とうるさいし」

たしかにこのあたりは繁華街から遠いが、こんなファストフードで食事を済ませなくても、及川ならば家に帰ればきっと豪勢な食事が待っているはずだろうに。

それとも彼女と一緒に食べようと約束していたのに、それが急に駄目になったのだろうか？

「……先輩。もしかしてお腹が空いてるんですか？」

「うん」

「なら……よかったらうちで、夕飯食べていきませんか？」

自分でも、なぜいきなりそんな言葉が口をついて出たのか分からない。

珍しく学校外で及川と会えたことに、浮かれていたからかもしれない。それとも、先ほどまで彼が他の誰かと会っていたらしいと知って、無意識のうちに対抗したくなったのか。

突然のお誘いに、及川が目を丸くしてこちらを見ているのが分かる。それに狼狽《うろた》えながらも、理人は先を続けた。

「あの…っ、ちょうど、俺もこれからメシにしようと思ってたところだったんです。……って言っても、ただのカレーしかないんですけど。でも、福神漬けも買ってきましたし」

「お前の買い物って、もしかしてその福神漬けなの？」

「それと、明日の朝食のパンと、牛乳と卵を母から頼まれていて…」

手にしていたビニール袋の中身をひとつひとつ説明しながら、はっとした。

この所帯じみた会話は、いったいなんなのだろうか。

せっかく及川と外で会えたのだから、もう少し気の利いた話をすればいいものを。

まさか及川も恋人の家からの帰り道に、偶然ばったり出くわした後輩からカレーを食べに来ないかと誘われるなんて、思いもしなかったに違いない。

顔を上げる勇気を持てず、理人が自分の足の爪先を見つめていると、頭の上からふっと笑うような声が響いた。

——え？

「お前のうちのカレーって、甘口？　辛口？」

「……甘口ですけど」

理人も理人の母も、辛いものはあまり得意じゃないため、一ノ瀬家のカレーは子供でも食べられそうな甘口のルーをメインに作られている。

「残念だな。俺、カレーは辛口の方が好きなんだよ」

「そ、そうですか。……それは、気が付かなくてすみません…」

そんな理由で遠回しに優しく断ってくれた及川に、耳までかーっと熱くなるのを感じる。

だが理人が俯《うつむ》いたまま『じゃあ…』とそそくさとその場を離れようとしたとき、手の中のビニール袋をひょいと奪われてしまった。

それに『え?』と顔を上げる。

「で。お前の家ってどこなの?」

優しく目を細めて笑ったその口元から、ちらりと八重歯が覗く。

珍しくひどく楽しそうに見えたその笑顔は、今すぐ胸が破裂するんじゃないかと思うくらい、かっこよかった。


「甘いな」

「……すみません」

「いや、すっごいうまいんだけど。……でも甘いよな」

辛口が好みと言いながらも、及川はよほどお腹が空いていたのか、山盛りだったカレーの皿をあっという間に空にした。一緒に出したサラダと味噌汁まで、綺麗に食べ尽くしている。

その食べっぷりに呆気にとられて、『あの……お代わりいりますか？』と尋ねると、及川は『え、そう？　なんか悪いな』と言いつつも、目を輝かせた。

「あー、食べた食べた。ご馳走《ちそう》様。そういや俺さ、カレーになめこの味噌汁って初めて食べたわ」

「ああ。うちはいつも朝はパン派なので、夜に味噌汁を飲むことにしてるんです。母親がそれだけは作っていってくれるので」

母は離婚後、看護師をしながら理人を育ててくれた。三交代でバリバリ働いているため、家で顔を合わせる時間は少ないものの、いつも必ず味噌汁だけは作ってから仕事に出て行く。それは理人がこうして、自分でおかずを作れるようになってからも変わらない。

いわばこの味噌汁が、母親と理人の毎日の挨拶代わりのようなものだ。

そんな話をすると、なぜか及川は『へぇ』と眩《まぶ》しそうに目を細めた。

「お前のとこのおばさんって、いつも何時頃に帰ってくるの？」

「今日は夜勤なので、明日の朝九時過ぎまで帰ってきません」

「うわー……看護師さんって本当に大変だよな。心から尊敬するわ」

「先輩の家だって、大きな病院なんでしょう？　先輩のお父さんもたしかお医者様でしたよね？」

「うちのはただの、病院経営。外来には大学病院からの常勤を雇ってるし、夜勤と救急はバイトと臨時スタッフで回してる。本人は金儲《もう》けに忙しくて、ろくに家にも帰ってこないしな。あれはもはや医者でもなんでもないよ」

てっきり尊敬する父親の跡を継ぐために、及川も医学部へ行くのだろうと思っていたのだが、父親のことを語る彼の口調はひどく冷めていた。

それになんだか奇妙な違和感を覚えながらも、理人は慌てて別の話題を探した。

「あ、でもうちでカレーなんか食べちゃって大丈夫でしたか？　家で待ってる人がいるんじゃ……」

「別に誰もいない。うちは放任だし、俺もいつも外食派だから」

知らなかった。なんだか余計な話をしてしまった気がして申し訳なさに唇を閉じると、及川はふっと目を細めた。

「……今さ。弟がまた入院してんだよ」

「弟さんが……？」

あまり家のことを話さない及川だったが、年の離れた弟のことはすごく可愛がっていることを知っている。生徒会の中でも、ときどき弟の話題が出ることがあって、そのブラコンぶりには周囲の先輩たちも苦笑していた。

及川の弟は生まれつき身体が弱く、子供の頃から入退院を繰り返しているらしい。

……そっか。そのせいだったのか。

先ほど一瞬、橋の上で目にした及川の暗い横顔。ここ最近、あまりよく眠れていない様子だったのも、もしかしたら弟の体調を気にしていたからかもしれない。

「なら、なおさら先輩も早く家に帰らなくていいんですか?」

「俺が帰ったところで、なにかできるわけじゃないからな。……家だと勉強もろくに手につかないし。だからいつも放課後になると喫茶店とか、図書館とかをふらふら移動しながら、そこで勉強してる」

「先輩…」

医大を目指す受験生が、試験も差し迫ったこの時期に、そんな風にふらふらとしていていいわけがない。及川の成績はいいと聞いているものの、のんびりしていられるような時間はないはずだった。

「学校の図書館もなー。もう少し遅くまで開いててくれりゃいいのに。受験前でも六時閉館って、なんなんだよって思うよな。これまでは色々理由つけて生徒会室に残っていられたけど、それも引退したあとじゃ厳しそうだよな」

よく及川が生徒会室に残って勉強しているのは知っていたが、その裏にそんな事情があるとは知らなかった。

父親は病院の仕事で忙しく、可愛がっているはずの弟が入退院の繰り返しでは、きっと家中がピリピリしているに違いない。そんな家の中では勉強など手に付かないという彼の気持ちも、なんだか少し分かる気がした。

「あの……」

「んー？」

「もし、先輩さえよければなんですけど。……うちで、勉強していきますか？」

口にしながら、理人は指先が震えそうになるほど緊張していた。

先ほどの勢いだけの誘いとは違い、今度は意味が分かった上で誘っている。

多少は親しくなれたとはいえ、及川と理人は、ただ生徒会の先輩と後輩でしかないのだ。

そんな相手から、突然こんな突飛な申し出をされたところで、及川が受けるとも思えなかった。

「は？」

案の定、呆気にとられたような顔で、及川はきょとんとこちらを見ている。それに理人は、ぎゅっと手のひらを強く握りしめた。

耳の中で血管が、どくどくとうるさいくらいに早鐘を打っているのが分かる。

「いえ。もし勉強する場がないっていうなら……うちは狭いですけど一応、住宅街の一軒家だから静かですし、学校からもそう離れてないですし。うちの母親もほとんど家にはいないので、誰かに気兼ねする必要もないし……」

言い訳のように理由を並べたてながらも、だんだんと語尾が小さくなっていくのが分かる。

自分でも、どれだけ必死なんだと耳が熱くなるのを感じながら、理人は俯いた。

――なにをやっているのだろう？

考えてみれば、自分などが誘わなくても、及川なら放課後の居場所を提供してくれる相手には事欠かないはずだ。……たとえばこの近くに住んでいるらしい、彼の恋人とか。

考えれば考えるほど、いまさらながら身の程知らずな申し出をしてしまった自分が、恥ずかしく思えてくる。

「……すみません。余計な話でした」

忘れてくださいと言いかけて、だがなぜか理人は及川が真剣な顔つきでこちらをじっと見ているのに気が付いた。

「お前は？　それで平気なの？」

「……え？」

「見知らぬ他人がいつも家に出入りしてたら、気兼ねするんじゃないか？」

「いえ、別にそんなことありませんけど…」

たしかに理人は人見知りの上に引っ込み思案で、友達もそう多くはない。

だが及川は別だった。彼の傍にいたいという本音も多分にはあったが、それ以前に、生徒会で一緒に過ごしていても、及川と一緒にいるのは苦ではなかった。

なんというか、オーラがとても静かなのだ。

ものすごい存在感のある男だが、口数はそう多くなく、みんなと一緒にバカ騒ぎをしたり熱くなっている姿というのを目にしたことがない。生徒会の中でもいつもどこか一歩引いて、みんなを見守ってくれている。困ったことがあれば率先して手を貸すし、気が付けば陰になって働いていることも多い。

前任のぐいぐいと引っ張って行く会長に比べて、静かにみんなをフォローしてくれる及川の下は、とても働きやすいと評判だった。

「その話って、本気にしてもいいのか？」

「えっ…はい。もちろんです。見てのとおりのぼろ家ですけど。勉強ぐらいなら、普通にできると思うので」

力一杯頷くと、及川は見てそうと分かるぐらい嬉しそうに、顔をほころばせた。

間近で初めて目にするその全開に近い笑みに、ぶわっと身体中が浮き上がりそうになる。

喉の奥がひどく熱い。

「サンキュ。それ、すげー助かる」

及川の柔らかな声が鼓膜を通って、胸の宝箱まですっと染みこんでくる。

……自分こそ、喜んでもらえてすごく嬉しい。

そう口にしたいのに、理人はなにも言えないまま、ただ頬を赤くして頷くことしかできなかった。

その日から本当に、及川は放課後に理人の家へ出入りをするようになった。

二日に一度程度の割合だったが、生徒会が終わったあとは一緒に自転車を押し、理人の家まで歩いて帰る。

及川は家に来ても無駄口を叩かず、居間のローテーブルで参考書やノートを静かに広げていることが多かったが、それだけでも理人にとってはものすごく新鮮な出来事だった。

あの及川が、自分の家で、同じ机に向かって勉強している。

そう思うだけで、足をじたばたさせたくなるような喜びと心地よい緊張感で、胸がいっぱいに満たされる気がした。

シンとした部屋の中、及川がページを捲《めく》ったり、シャーペンをさらさらと走らせる音だけが、心地よく響いている。

それがたまらなく幸せで、理人は自分も一緒に課題や復習に取り組みながら、よくその音にじっと耳を傾けていた。

「先輩。今日も夕飯、食べていきますか？　今夜は肉ジャガの予定なんですけど」

「お、食べる食べる。俺もジャガイモの皮剝くわ」

七時前になると、いったんテーブルの上を片付けて食事の支度を始める。

夕食といっても、理人の母が用意しておいてくれた味噌汁とご飯、それからおかずを二～三品添えただけのどれも簡単なメニューばかりだったが、料理自体が初めてだという及川は、面白がってよく手伝ってくれた。

「こんなに毎回メシ食わせてもらってたら、いい加減、食費を入れないと悪いよな」

「どうせ弁当の分まで多く用意するついでだし、別にいいですよ。母さんは先輩からの差し入れに喜んでるし」

場所を借りているという気兼ねからか、よく及川はもらいものだというケーキやクッキーなんかを差し入れてくれた。それに理人が勉強で分からないところがあれば、すぐに教えてもらえるのだから、タダで家庭教師までしてもらって悪いわねと、母はかえってありがたがっているくらいだ。

そう伝えると、及川はふっと優しく目を細めて『そっか』と囁《ささや》いた。

それにまた性懲りもなくドキドキと胸が騒いで、理人はまっすぐにその目を見返せなくなる。

……自分の勝手な思い込みだろうか。

及川が理人の家に来るようになってそろそろ一か月近く経つが、及川は最近、よくこうした柔らかい表情を見せるようになった気がする。

それを目にするたび、理人は胸が切なくなるような甘苦しい喜びを覚えた。

今にして思えば、あの頃が理人の幸せの絶頂期だったのだろう。

この恋の結末が苦くて痛いものになるとも知らずに、毎日ただその人のことを思うだけで、幸せな眠りにつくことができたのだから。


「おーい、一ノ瀬《いちのせ》」

駅前で理人《りひと》の姿を見つけたらしいスーツ姿の男が、ぶんぶんと手を振っている。

それに理人がぺこりと頭を下げると、男はその大柄な身体を揺らしながら、快活に笑って近づいてきた。

「悪い悪い。いきなり呼び出してさ」

「谷原《たにはら》先輩。……お久しぶりです」

谷原は、理人と同じ大学の一つ上の学年の先輩である。

選択していたゼミが一緒で、飲み会や研究会でそれなりに話すことはあったが、卒業してからは個人的に連絡を取ることもなく、こんな風にわざわざ会う間柄でもなかった。

なのに突然、『できたら会社帰りにでもどこかで会えないか』と電話で呼び出されたのだから驚きもする。

なにやら相談があるというので、仕方なく理人は今日は定時にセンターから上がると、そのまま谷原の元へと急いだ。

「一ノ瀬と会うのって、俺たちの追いコン以来だから……約七年ぶりか」

「それくらいになりますね。先輩はお元気でしたか？」

「おう。バリバリやってるよ。あ、一ノ瀬もこれから夕食だよな？　実はこの先に、うまいイタ飯屋があってさ。そこ予約しないと入れないぐらい人気の店なんだけど、今日はこっちで予約しといたから」

やはりそうきたかと、こっそり溜《た》め息《いき》を吐く。

こんなことを言ったら申し訳ないが、理人はこの谷原という男のことが、正直、あまり得意ではなかった。

いつも大声で笑いながら、自分のペースで話を進めていく。見た目はかなりの二枚目だし、明るいトークが受けてそれなりに女の子からはモテていたようだったが、ゼミでの評判はあまりよくなかった。

グループ発表のとき、各自に割り振られたはずの調べ物をやってこなかったり、彼女がいながらゼミの女の子にちょっかいをかけて、揉《も》め事を起こしたり。

今日も一方的に呼び出しておきながら、こちらの都合を聞くこともしない。理人がよく知らない相手と食事をするのは気が重いことにも気付かず、すでに店を予約しているという強引さにも、正直閉口していた。

「しっかし、一ノ瀬。お前変わんないなー。なんつーか、相も変わらずしゅっとしてるっつーか、男臭くないっつーか」

「そうですか？　俺から見たら、谷原さんのほうが変わってないように見えますけど…」

「そっか？　これでもゴルフ焼けしたと思うんだけどなー。まぁお前は、お役所って感じのお堅い雰囲気が似合ってるよ」

言いながら、バンバンと背を叩《たた》かれて、理人はぐっと息を飲み込んだ。

理人が谷原を苦手な理由のひとつには、これもある。

体育会系の性《さが》なのか、いちいちスキンシップが激しいのだ。放っておいたら肩まで組まれかねない勢いを感じ、理人はすっとさりげなく谷原から距離を取った。

谷原が予約したという店は、平日の夜だというのにテーブルはいっぱいだった。

「あのさ。一ノ瀬って今、保健所勤務なんだろ？」

通された席でひととおりの注文を終えた途端、谷原はいきなり本題を切り出した。

正確には保健センターだが、違いはほとんどないため『はい』と頷《うなず》く。谷原はどこかでその情報を耳にして、わざわざ理人に連絡を入れてきたらしかった。

「そっか。ならよかった。……実は、電話でも言ったとおりさ、ちょっとその件で一ノ瀬に相談にのってもらえないかと思って」

苦手意識のある谷原から呼び出されて、理人が素直に応じたのはこのためだ。保健所の業務のことで相談があると聞けば、無視するわけにもいかない。

「なんでしょうか?」

「うちの会社、ＩＴ関連から人材派遣まで手広くやってるんだけど、その中に不動産部門もあってさ。あ、これ一応名刺な?」

すっと机の上に滑らせてきた名刺を、礼を言って受け取る。

横文字で書かれた会社名に聞き覚えはなかったが、谷原の名前の横には、大きな文字で『不動産部門課長補佐』という肩書きが添えられていた。

「で、ここからが本題なんだけど」

言いながら次に谷原が鞄《かばん》から引っ張り出してきたのは、書類一式とくるくる丸められた青焼きだった。どうやらどこかの図面らしい。

「それ、今うちの部署で力を入れてるビジネスホテルのひとつなんだ。コンセプトが都会のシンプルステイとリラクゼーション。ベッドを広くして、トイレも風呂とは別に作って。観光でも仕事帰りでも、ゆったりできるビジネスホテルって感じで。今、ここの区内に建設を予定してるんだよ。建物の高さや間取りはクリアしてるはずなんだけど。実は……保健所からの許可がいまだに下りてなくてさ」

「え?」

「すでに、二度も突っ返されてるんだよな。受付が狭いとか、レストランが小さすぎるとか。ともかく色々と難癖つけられてさ…。うちとしては今時風のビジホを目指してるから、あんまり昔ながらの野暮ったい感じにはしたくないんだよね」

そんな話を、ただの事務でしかない自分に言われても困ってしまう。

ホテルを開業するには、旅館業法に基づいて保健所を有する市の市長又は、区長等の許可を得なくてはいけない。保健所はその窓口となっている。

そのための書類や衛生指導に関しては、環境衛生課の職員が一手に引き受けていた。

「あの……谷原先輩。申し訳ないんですけど、自分は保健所勤務とはいえただの総務部なので、ホテルの申請に関しては…」

詳しくは環境課の職員に聞いた方がいいと告げようとした理人の言葉の先を遮るように、谷原は再び口を開いた。

「うちとしては、これが三度目の申請になるわけよ。さすがにここで通らないと俺も立場がなくってさ。……ほら、昔からお役所関係っていうのは、身内に一言添えてもらった方が面倒な書類審査とか通りやすいってよく言うだろ？　ここは親しかった先輩を助けると思って、お前からなんとかしてもらえないかな？」

申し訳ないが、谷原と親しかった記憶はない。

それに内部者からの口添えなどというものが、役所内でまかり通ると思われているのも困った話だ。そんな話が通用するわけもないし、理人自身は一介の職員でしかないのだ。そんな妙な影響力を持っているはずもなかった。

「そういうものは一切関係ありません。法律の規定どおりなら、ちゃんと受理されるはずですし…」

「いやさ、こっちも言われたとおり、最初よりロビーは広めにしたし、レストランも一階の入り口の脇につけることになったんだよ。なのにあの増田《ますだ》っていうジジイが、けんもほろろでさ。最初に図面のことでちょっと言い合いになったせいか、今じゃろくに話も聞いてくんないのよ。ありゃもう嫌がらせの域だね」

「……そうでしたか。すみません」

その名前にどきりとした。

増田は環境衛生課の係長だ。同時に、理人がずぼらな書類整理に関して意見を言いに行った、最初の相手でもあった。

谷原の一方的な話だけではどういう状況なのかがよく分からないが、嫌がらせで区民からの書類を受け取らないなんて、そんなことが本当にあるのだろうか？

だがもしかしたら……あの頑固な係長ならば、そんなこともありえるかもしれないと、ほんの少しだけ疑ってしまったのもまた事実だった。

なにしろセンターの飲み会に理人が参加しなかったという、ただそれだけの理由で、いまだに大人げなく挨拶《あいさつ》すらろくに返さない人だ。

「俺もさー、上からいつ許可が下りるんだって、やいやいどやされてんのよ。色々とノルマもきつくってさ。まぁ、のんびり公務員やってる一ノ瀬には関係ない話だろうけどな。このご時世、羨《うらや》ましい限りだよ」

ちくりと棘《とげ》のある言葉は役所への嫌味のつもりか、それとも本気で参っていたからこそついて出てしまった愚痴《ぐち》なのか。

大学時代の仲間にも、こうした態度を取られることはままあった。

いわく、この不況時にリストラされない職業っていいよなだとか、事務やってるだけで定時には上がれるんだろ？　とか。

大学時代、理人が卒業後は地元の公務員として働きたいと思ってることを告げたとき、『たしかに安定はしてるけどさー。給料はいいわけじゃないし、地味だし、男としてはやりがいもないだろ』と彼らが小馬鹿にしていたことを知っている。

とくに理人の大学は理系だったため、就職先にＩＴ関連企業を選ぶものも多く、その初任給だけでも二倍以上の差もついていた。

それがここ最近の不況で、ＩＴ業界にも厳しい向かい風が吹き荒れているらしく、ときどきは谷原のような愚痴を零《こぼ》されることがあった。

そのため谷原の嫌味もさらりと受け流すと、理人は『分かりました』と頷いた。

「明日、センターまで書類をお持ちいただければ、そこで課の者と話をしてみます。ですが書類の申請に関しては自分では判断がつきませんし、審査が通るかどうかも…」

「え？　このまま書類はお前が持ってってくれるんじゃないの？」

「いえ、書類の受付時間は決められていますから。職員が個人的に、大切な書類をお預かりするわけにはいきませんので」

　理人がそれは無理だと首を振ると、谷原はそうと分かるぐらいムッとした様子で、運ばれてきた料理にフォークを突き刺した。

「はぁ…。役所ってのは本当に頭でっかちだよなぁ。わざわざこうして職員と会ってるのに、いちいち決まった時間にまた出直さないといけないなんてなー」

「すみません」

　別に理人が謝るべきところではない気もしたが、一応、手間をかけさせたことを詫《わ》びるつもりで謝っておく。

「どうせあれだろ？　お役所ってのは九時五時生活なんだろ。俺たちなんて、いつも仕事終わるのが終電近くなんだぜ？　なのに書類一枚をまた出し直しに来いなんて、ほんと気楽なもんだよ」

　その後もぶちぶちと続く谷原の愚痴に、理人は簡単な相づちを打ち返しながらも、ともかく早く気詰まりな食事を終わらせることだけを心がけた。

おかげで美味《おい》しいと評判だという料理の味も、よく分からなかった。

重苦しかった食事を終えた帰り道、理人は歩きながら喉元《のどもと》に指を入れてネクタイを緩めた。食事の間中、谷原からは仕事の愚痴をえんえんと聞かされ続けた。それだけノルマがきついのかもしれないが、それを理人にぶつけられてもどうしようもない。

『ほんと公務員は安定してていいな』と羨ましがるそぶりの裏で、『どうせたいした仕事もしてないくせに』という嘲《あざけ》りの感情が見え隠れしていたことは知っていたが、それにはあえて気付かないふりをした。

それぐらいさらりと笑って聞き流せなければ、区民からの苦情も多い受付などやっていられない。

だがさすがに今日は少しだけ疲れが溜まっていたようだ。

このあと誰もいない家に戻って電気を付け、洗濯物をしまったあと、今日の夕飯になり損ねた食材を、明日の弁当のおかずに作り替えなければと思うと、気が重い。

別に……今の仕事に、なにか大きな不満があるわけではない。

事務屋としては、他の職員や相談に来た区民がいかに面倒な手続きをスムーズに終えられるか、そのための手順や伝達方法をあらかじめ考え、分かりやすく下準備しておくことも大切な仕事だと思っている。

ただときどき――そうした誰にでもできそうな単調で地味な作業にふっと、自分のいる必要性を疑問に思う瞬間があるだけで。

「そうだ。クロのエサもそろそろ買いに行かないと……」

気が付けばクロの預かりも、そろそろ二週間目に突入しようとしている。

飼育放棄ではないかと疑われていたとおり、あれからもクロの飼い主がセンターへ引き取りに現れることはなかった。

現在は動物保護ボランティアがあちこちでクロの引き取り手を探してくれてはいるようだったが、新しい飼い主は今のところまだ見つかっていない。

そのため及川《おいかわ》が今も約束どおり、出勤前と退社後に理人の家に寄っては、クロの散歩を続けてくれていた。

今日は谷原からの突然の呼び出しがあったため、帰宅後のエサやりは及川に頼んでおいたが、この時間ならばきっと及川も散歩を終えてもう自宅へ戻っている頃だろう。

そう思いながらいつもの角を曲がったところで、思わぬ人物の姿を見つけて、理人は『え』と口を開いた。

「おかえり」

「……及川さん…」

なぜか理人の家の玄関先に、及川とクロが並んで座っていた。

「ほら、よかったな。クロ。ご主人様が帰ってきたぞ」

「俺は別にクロの主人じゃありません。……っていうか、及川さんこそどうしたんですか。まだ帰ってなかったんですか？」

「いや、散歩だけして帰ろうかと思ったんだけど。クロがなー、家に入らないんだよ」

「クロが…？」

「ああ。いつもならまっすぐ帰ってくるはずのご主人様がいなくて、俺だけ一人先に帰ってきたのが気になったんじゃないか？　庭に入ろうって声をかけても、ここからぜんぜん動こうとしなくてさ」

言われてまじまじと足元の犬を見下ろす。クロは濡れた黒い目をして理人を見上げながら、ぶんぶんと大きく尻尾《しっぽ》を振っていた。

「じゃあ、一ノ瀬も無事戻ってきたし、家に入るか？」

及川が声をかけると、クロはすっと素直に立ち上がった。

その様子を見る限りでは、及川が言うように理人がいないことを気にして、そこから動かなかったようにはとても見えない。

「エサは？」

「あ…はい。今すぐ持ってきます」

いつもどおり『ステイ』のコマンドを出してもらいながら、エサと水皿を替えてやる。目の前に差し出されたそれに、クロはばくばくと勢いよく食らいついた。

「よかったな」

及川はぽんぽんとクロの首筋を叩きながら、満足そうに目を細めている。

その横顔を見ているうちに、ふと気付けば理人は口を開いていた。

「……及川さんは、どうして医者をやめたんですか？」

「うん？」

「以前は、大学病院の脳外科にいたって聞きましたけど。そこをやめて家の病院も継がずに、どうして公務員になったんですか？」

相も変わらず目立つ及川の情報は、センターに勤務してから二か月ちょっとの理人の元にも入ってきた。

及川は二年前まで大学病院の脳外科で、外科医として働いていたらしい。

年収も今の数倍はよかったはずだ。そんな立派なキャリアを捨ててまで、及川が公務員を選んだ理由がよく分からなかった。

中には『出世争いに負けた』だの『手術でミスして逃げてきたんじゃないか』などという、憶測の入り交じったよくない噂も耳にしたけれど、理人にはとてもそうは思えなかった。

「いきなりどうした？」

「……別に。一度、聞いてみたかっただけです」

「うーん…。訂正するなら、医者をやめたわけじゃないけどな。別に手術するばっかりが医者ってわけでもないだろ」

「そうですけど…」

たしかにそうかもしれないが、医療現場の第一線で活躍するのと、区の保健センターで区民の健康相談を受けるのとでは、あまりにも隔たりがある気がする。

そんな理人の心の声が聞こえたのか、及川は笑って肩を竦《すく》めた。

「別に、あんまりかっこいいこと言うつもりもないけどな。まぁ、強《し》いて言うなら……病気を診るより、人間を診るほうに興味があったからかな？」

「病気より、人間…？」

「ああ。大学病院の外科っていうのは、ある種特殊な空間だからなー。そこへ運悪く入ることになった人間は、突然、死神に指をさされてまな板の上の鯉《こい》になったようなもんだ。次から次へと、こうベルトコンベア式に鯉が流れてきて、切ってもらう順番を待ってるわけ。こっちも切った傍《そば》から次の鯉が流れてくるから、今切った鯉がどうなったかなんて知りもしないで、また新しい鯉を切る。……単純に言えば、そんな毎日に嫌気が差したってのが正解かもなー」

「……俺みたいなつまらない事務屋からすれば、それもすごく立派な仕事だと思いますけど」

思わずぽつりと漏《も》らしてしまったのは、環境課との諍《いさか》いや、谷原からの嫌味に、思っていたよりナーバスになっていたからかもしれない。

誰にでもできる事務仕事より、たとえ手術ばかりの毎日だったとしても、及川のほうがよっぽど人から必要とされる、大事な仕事のように思えた。

「まぁ俺としては、顔もろくに覚えないまま流れていく鯉をただ切ってるよりも、まな板に乗らないですむ方法を考えてたほうが楽しいかと思ってさ。公衆衛生は、そのための予防医学でもある」

そう続けると、及川はふっと目を細めた。

「とかいって、やってることはすごーく地味だし、生活習慣なんか一朝一夕でどうにかなるもんでもないけどなー。でも、誰かがやらないとそれは確実に滞るだろ。……それはお前がやってる事務仕事も、一緒なんじゃないか？」

及川の言葉は、まるで空から振ってきた雨の雫《しずく》みたいに、理人の心にまでじわりと染みた。

たしかに理人の仕事は、地味な作業が多くて目立つこともないが、そうした地道な作業の上に、区民の生活がスムーズに成り立っていることもまた事実だ。

これまでその手助けをするのを虚《むな》しいなどと思ったことはないはずなのに、なぜか今日だけは足元がぐらついて、こんな愚痴めいた一言を言ってしまった自分が、急に恥ずかしく思えてくる。

思わず俯《うつむ》くと、及川はすくっと縁側から立ち上がった。

「じゃ、そろそろ帰るわ。お疲れさん」

「え…」

――もう？

一瞬、引き留めそうになる声を、理人は慌てて飲み込んだ。

「ん？　なんだ？」

「いえ……」

「じゃーな、クロ。あとはご主人様に構ってもらえよ」

笑って消えていく背中に向かって、『だから、俺は主人じゃありませんから』と決まり文句でツッコミ返したものの、及川は手を振っただけで取り合おうとしなかった。

それに、ふっと小さな笑いが零れてしまう。

……不思議だ。家にたどり着くまでは、あんなにも重い気持ちだったのに。

気が付けばいつの間にか、背中に羽でも生えたみたいに軽やかな気持ちになっている。

そうして及川の背中が見えなくなるまで、クロと並んで見送っていた理人は、やがて大きく肩で息を吐きだすと、痛いものを無理矢理飲み込んだみたいに唇を小さく歪めた。

「俺もどうしてこう、懲りないんだか…」

及川といるといつもこうだ。気が付けば耳が勝手に彼の言葉を拾い集めては、嬉しくなったり苦しくなったり。その姿を、目で追いかけていたりする。

二度と、同じ過ちは繰り返さないと決めているのに。

全てを忘れたと言いながら、本当はヒリヒリと痛む胸の奥に、今でも塞《ふさ》ぎきれていないかさぶたがあることを知っている。

あのころずっと眺めていた長くて器用な指先や、自分の名を呼ぶときの声。少しだけ目を細めながら唇の端を上げる笑い方も。

同時に、あのとき――彼がなんと言って、理人の手を振り払ったかも。理人は本当は今も全てを忘れていない。

だからこそ、及川にはできるだけ近寄らないでいたかった。

自分たちは、ただの上司と部下。それだけでいい。

絶対に手が届かないと知っている相手に焦がれて心をすり減らすのも、死ぬほど好きな相手から軽蔑の眼差しで見られるのも、二度とごめんだ。

――もう、繰り返したくないんだ。

記憶の海に沈めたはずの感情。それに理人が再びしっかりと鍵をかけて沈め直すと、クロが隣で小さく『クーン』と鼻を鳴らした。

まるで心配でもされているかのようなそれに、理人は笑ってみせると、『大丈夫ですよ』と小さく呟《つぶや》いた。

次の日、谷原は午前中の朝早い時間にセンターへとやってきた。

環境衛生課の職員が全員出払っていたため、理人が代わってその提出書類を受け取った。

『じゃあ、あとはよろしく頼むな』と谷原からは念を押されたが、理人にはなんの権限もないという話を、ちゃんと聞いていただろうか。

その後も次々と訪れる区民からの申請や受付の対処に追われて、理人がほっと息を吐けたのは昼休みの少し前のことだ。

「おい。このホテル申請、受けたの誰だ?」

突然、環境課の係長である増田が声を上げた。

見ればそれは、理人が今朝谷原から受け取った書類らしい。必要な記載を確認して、課の提出箱に入れておいたのだが。

「はい。私ですが…」

「突っ返せ」

理人が手を上げると、増田は無造作に書類をぽんと投げて寄越した。

その乱暴な仕草に唖然《あぜん》とする。

「……え？　あの、一体どうしてですか？」

尋ねると、増田はジロリとした目つきで理人を睨《にら》んできた。

「お前、中は見たか」

「はい。一応、確認しました」

「なら分かんだろ。突っ返せ」

なぜだ。必要な書類なら全て揃《そろ》っていたはずだ。ホテルの図面の青焼きもちゃんと添えてある。

なにがいけなかったのかよく分からず、呆然と立ち尽くしていると、増田はフンと理人の前で鼻を鳴らした。

「だいたい、なんでただの事務屋が、勝手に申請なんか受け付けてんだ」

「……環境課のみなさんは午前中外回りで、誰もいらっしゃいませんでしたので。申請にいらした方に、改めて足を運ばせたり、そのままお待たせするわけにはいきません」

まさか理人が言い返してくるとは、思いもしなかったのだろう。

一瞬目を見開いてこちらを眺めた増田は、再びフンと鼻を鳴らした。

「なら、素人が余計な仕事を増やすな」

増田が言い切ると同時に、昼休みを告げるチャイムの音が鳴り響く。

それきり他の職員とセンターを出ていってしまった増田に、理人はなにも言えないまま、放り投げられた書類を静かに拾い上げた。

「おい、今日もまーだ帰らないのか。クロが家で待ってるんじゃないのか？」

ふいに声をかけられ、顔を上げると及川が立っていた。

センターの入り口はすでに閉まっており、電気の消えかかったフロアに残っているのは理人と及川、それから入り口にいる守衛だけだ。

「……ああ。及川さんはお先にどうぞ。申し訳ありませんけど、今夜はクロのエサも及川さんがあげといてください」

「だからアイツの場合はそれじゃ駄目なんだって。……つーか一ノ瀬、お前なに見てるんだ？」

理人がいつもやっている書庫整理とは、別の書類を広げていることに気が付いたのだろう。及川は理人の手元に広げられた図面を覗《のぞ》き込むと、その男らしい眉をひょいと上げた。

「増田係長から、今日突き返されたんです。でも必要な書類は揃っているはずですし、どこが悪いのか分からないうちは、提出してきた人へ説明もできませんから…」

理人が開いていたのは谷原から受け取った書類と、過去の類似したケースの資料だ。

「ああ、こりゃたしかに突っ返されるな」

だが及川はちらりとその図面を一瞥《いちべつ》すると、増田と同じようにそうあっさり結論づけた。

そのことに驚かされる。

「どうしてですか？」

「だってこれ、4号だろ」

「4号？」

先ほど目にしたばかりの資料の紙を、ぺらぺらと捲《めく》る。

ホテルの営業に、そんな区分けがあっただろうか？

「違う。旅館業法じゃなくて、風営法でいうところの4号営業。つまり平たく言えば、ラブホだよ」

及川の言葉に、理人は目を見開くと同時に、手の中の資料をぼとりと落とした。

ラブホって……、もしかしなくてもラブホテルか。

「で、でも！　谷原先輩は出張や観光向けの、ビジネスホテルだって言ってましたよ？」

「なんだ。これ持ってきたのって、もしかしてお前の知り合いか？」

「え？　はい。大学のときの先輩ですけど…」

「へえ。もしかして……昨日お前の帰りが遅かったのも、その先輩とやらと会ってたせいか」

「ええ…。まぁ」

なぜか『先輩』の部分にやたら含みを持たせて告げた及川の言葉に、首を傾《かし》げながらも素直に頷くと、及川はふうと大きく息を吐きだした。

「なら、その先輩とやらにこれじゃダメだって言っとけよ。これ一見、普通のビジホのような顔で申請してるけど、実際はラブホとして営業するつもりまんまんだろうが。こういうのを偽装ラブホっていうんだよ」

言いながら、ピシと指先で図面を弾く。

それに唖然としながら、理人はその青焼きを見つめ直した。

「どうして…、図面だけでそんなこと分かるんですか？」

「構造を見りゃ分かるだろ」

「構造…」

だが理人には、いまいちピンとこなかった。

図面上だけなら、普通のビジネスホテルと何ら変わりがないように見える。派手な外観について、なにか記されているわけでもない。

一緒に提出された書類にも、『観光・ビジネス目的のビジネスホテル』とそう記されているだけだ。

だがそんな理人を見下ろして、及川はなにか言いたげに目を細めた。

「……なんですか？」

「一ノ瀬ってさ……もしかしてラブホに行ったことなかったりする？」

一瞬、背中に冷たい汗がどっと噴き出た気がした。

実際のところ、理人はラブホどころか普通のホテルさえも、あまり使用したことがない。

もともと潔癖症の上、どこかへ旅行へ行くほど親しい友人もそうおらず、研修施設も自宅も都内では、ホテルに泊まる機会などそうそうあるわけもない。

だが及川の前では、そんなことは絶対に言いたくなかった。

……この年で、ラブホテルにすら入ったことがないなどと知られるのは、はっきり言えば恥ずかしかった。

「……そんなプライベートな質問に答えなくちゃいけない義務は、ないと思いますが」

もし女性職員に向かってこんな質問をしたらセクハラものだというのを、この人は分かっているのだろうか。

努めて冷静に切り返したつもりだったが、理人の返事になにを思ったのか、及川は『ふーん』とますます目を細めた。

その上、ニッと楽しげに笑って見せたその表情に、嫌な予感を覚える。

この顔はあのときと同じだ。クロをいきなり押しつけられたときの……。

「じゃ、せっかくだからこれから行ってみるか」

「行くって……どこにですか」

「もちろんラブホだよ」

一瞬、ぽかんとしたまま開いた口が塞がらなくなった。

「は、はあっ？　な、なんで俺とあなたがラブホテルなんかに行かないといけないんですか！」

「現地調査ってことで」

「ふ、ふざけたこと言わないでください！　だいたい、男同士でラブホテルなんて入れるわけがないでしょう」

「あのなー。たいていのラブホにフロントがないのはなんのためだと思ってんだ？　駐車場から直接入れるところもあるし、男同士でもオッケーなラブホなんか、都内にはいくらでもあるだろ。……ま、一度も行ったことがなきゃそれも知らないか」

「だからって…っ、どうして俺が、あなたと一緒にそんなところになんか…」

だいたい、理人は先ほどの質問にちゃんと答えたわけでもないのに、どうして及川には『一度も行ったことがない』なんてバレているんだ？

恥ずかしさとパニックで狼狽《ろうばい》しまくる理人を見つめて、及川が『ははーん』と目を細めた。

「もしかして、一ノ瀬は俺と行くのが怖いのか？」

「違います！」

どうして、俺がこの人を怖がらないといけないんだ。

報われない片想いにジタバタしていた高校生だったときならいざ知らず、今ではもはやただの上司と部下でしかないというのに。

「そっかー。なら、一緒に行こうな？」

慌てて言い返すと、及川はにっこりと悪魔のような顔で笑った。


……一体なにがどうして、こんなことになっているんだろうか…。

及川のあとに続いて、部屋の入り口で靴を脱いだ理人は、ぎくしゃくしながら置いてあったスリッパに足を入れた。

十畳程のワンルーム。中央部分だけ一段高くなったそこには、大きなダブルベッドがでんと居座っている。

それを目にした瞬間、理人はわけの分からない目眩を覚えると共に、鳥肌のようなものがぶわっと背中へと広がっていくのを感じた。

まさか及川と……ラブホテルに来ることになろうとは、夢にも思ってもみなかった。

昨夜、なるべく及川には近寄らないでいようと、そう誓ったばかりだというのに。

『怖がっている』などと思われるのが癪《しゃく》で、のこのことこんなところまで付いてきてしまった自分が、今更ながらに腹立たしく思えてくる。

初めて足を踏み入れたラブホテルはシンプルな作りで、理人がここに来るまでぐるぐると頭の中だけで想像していたような、派手な回転ベッドやミラーなどは一切置かれていなかった。

代わりに大きなソファと、ゲーム機のついたテレビなどがあって、なんだかホテルというよりも、誰かのマンションにでも遊びに来たような感じだ。

唯一気になることと言えば、なぜか壁に窓がついていて、そこをあけると奥のバスルームまで丸見えになってしまうことぐらいだろうか。代わりに普通の窓はなく、天井付近に小さな曇りガラスがはめ殺しになっていたが、他は普通のホテルとそう変わりがないように思えた。

「で、どうだ？」

ふいにどさっとベッドへ腰を下ろした及川に、理人はその場でびくっと飛び上がるほど驚いた。

「……どう、というのは…？」

「実際に中を見た感想だよ。ビジネスホテルとの違い、分かるか？」

立てた膝《ひざ》にのんびりと肘をついてこちらを見ている及川は、まるで自室にでもいるかのごとくくつろいでいる。そんな彼の前で、自分だけ激しく緊張しているなんて悟られたくなくて、理人はぐるりとあたりを見渡した。

——そうだ。これは仕事だ。現地調査だ。ただの現地調査。

「風呂場が……かなり広いですね」

自分に言い聞かせながら、風呂場へも足を踏み入れてみる。なぜか大きな椅子がある他は、浴槽もジャグジー付きの普通の風呂だ。

「一ノ瀬。こっちに来いよ」

そのとき窓の向こう側から、及川が誘いかけるように、ちょいちょいとベッドを指さすのが見えた。

それに全身がぴきーんと強《こわ》ばる。

「な……なんでですかっ？」

「なんでって……そこからじゃよく見えないだろ？」

「は？」

見れば及川は、鞄の中から書類を引っ張り出しているところだった。

それに眉を寄せつつも、おっかなびっくり近付いていく。

「これが去年提出された、ビジネスホテルの図面のコピーな。それから……こっちが今日、お前が突っ返されたやつ」

「……センターを出てくる前に、コピー室でごそごそなにしてるのかと思ったら、わざわざそんなものを持ってきたんですか」

オレンジ色の派手なベッドカバーの上に、大きく広げられた二枚の図面は、及川がここへ来る前に用意してきたものらしい。

　理人が大人しくベッドの上にのって覗き込むと、及川は二枚を見比べやすいように、理人の前に並べ直してくれた。

「偽装ラブホを見分けるには、いくつかポイントがある。まずは今お前が言ったように、風呂場が必要以上にでかいこと。風呂とトイレが別空間に作られていること。恋人と風呂場でいちゃつくのに、狭かったり、トイレがあったら興ざめだからな。それからベッドのサイズがダブルばかりでバリエーションが少ないこと。ビジネス用なら、ツインやシングルタイプが多くないとおかしいだろ?」

……なるほど。説得力のある言葉に、自然と頷く。

「それから一番分かりやすいのが、ここ」

「部屋の入り口……ですか?」

トンと及川が指さしたのは、ドアのマークの下で区切られた四角いスペースだった。

「各部屋の入り口に、靴脱ぎ用の三和土《たたき》があるだろ」

「そうですね…」

「普通のホテルなら室内で靴は脱がない。だからビジホにこれは、必要ない」

言われてみれば、旅館じゃあるまいし、ホテルではいちいち靴を脱ぐことはない。

「ラブホの一番の稼ぎは時間貸しだからな。ひとつの部屋に、いかに回転よくたくさんの客に入ってもらうかが鍵になる。もし雨でも降ってみろよ。泥まみれの靴で入ってきた客が部屋の絨毯《じゅうたん》まで汚してたら、ルームクリーニングにも時間がかかるだろ。だからラブホは、靴を脱がせて上がらせるタイプの部屋が多い」

そのために、この部屋の入り口にも、靴脱ぎ場があったのかと合点がいく。

「それからフロントのサイズも、見極めの大事なポイントになる。ホテルはチェックイン時に宿泊名簿を作るよう法律で定められてるからロビーも広いが、ラブホでは無記名での宿泊が可能だ。客のプライバシーを守るために、コインロッカー式なんかで部屋の鍵を借りることができる」

それはここへ入るときにも目にしたばかりだ。

「それから食事ができるレストラン施設を用意するのもホテルでは絶対の必要条件だ。だから最初だけそのブースを小さく作っておいて、いざ営業が始まったらそこを倉庫や別の施設に作り替えてしまうラブホも多い。お前が受け取ったこの図面も、一応フロントや食堂を申し訳程度につけてはいるけど……まぁたぶん典型的なフェイクだろうな」

つまり及川の言うとおり、この図面はやはり偽装ラブホテルの疑いが強いということだ。

……正直にいえば、ショックだった。

まるで見抜けなかった自分はもちろん、違法と分かっていながら無理矢理頼み込んできた谷原に対しても、不信感が募ってしまう。

「でも……どうして偽装までして建設なんてするんでしょうか？」

分からないのはそこだ。

ラブホテルなら、最初からラブホとして申請すればいいのに。

「ホテルや旅館の営業には、旅館業法の許可が必要なのは知ってるだろ。これが保健所の管轄だ」

「ええ」

「でもラブホになると、風営法での届け出も必要になるんだよ。そっちは店舗型性風俗関連特殊営業ってやつで、公安の……つまり警察の管轄となる。その分、監視の目がより厳しくなるし、未成年者の利用や、犯罪の温床となりえる場合においては、摘発をうけたり、営業許可を取り消されることもある」

知らなかった。

旅館や公衆浴場などといった施設は全て、厚生労働省の管轄になっているが、ラブホはまたさらに別の扱いが必要となるらしい。

「なにより一番ネックなのは、ラブホには営業禁止区域があることだろうな。たとえば近くに小学校があったり、子供の通学路沿いなんかにラブホは建てられないと決めている地域も多い。それから地域住民からの反発もきつくなる。……自分の家の隣に、いきなり派手なネオンのついたラブホがどーんと建つんだ。見た目もアレだが、周辺の土地価格自体が降下するケースもありえる。だから建設時はビジホだ観光目的のシティホテルだと見た目だけ装って、いざ中身はラブホとして営業するホテルも少なくないんだよ」

「……知りませんでした」

よくできたカラクリだ。

そこまでしてラブホテルを建設しようとするのは、やはり普通のホテルよりも、時間貸しのできるラブホテルのほうが、設備の割には実入りがいいということなのだろう。

「保健所としては、地域で暮らす住民の平穏な生活を守ることも大事だからな。偽装の疑いがある以上、はいそうですかと簡単に受け入れるわけにはいかないんだよ」

「そうですね…」

公務員として働いている以上、理人も区民のよりよい生活を守らなければならない。知らなかったでは済まされないのだ。

ふいに『公衆衛生のド素人が』と呟いていた増田の言葉が思い出されて、喉の奥にヒリヒリとした痛みを覚える。まさしくそのとおりだと思った。

「まぁこうした見極めにも、慣れと勘が必要だからな。年々偽装のやり方も巧妙になってきてる。詳しいことは環境課の職員のほうがよく知ってるだろ。一度、腹を割ってちゃんと話を聞いてみればどうだ?」

「…はい。そうしてみます」

しんみりしながら、及川の言葉に頷きかけたそのとき、理人ははた…とあることに気付いて顔を上げた。

「……あの。ちょっと待ってください」

「うん？」

「図面を見ただけでそこまで分かるのなら、……どうして、わざわざラブホテルまで来たんでしょうか？」

「ああ。実際、その目で見た方が早いだろ。それに社会勉強にもなっただろ？　よかったなー。これで次からは一ノ瀬も、ラブホに迷わず入れるぞ？」

――思い切り、余計なお世話です。

あははと悪びれずに笑って答える及川に、理人は図面を手にしていた手がぷるぷると震え出すのを感じた。

きっとからかい半分で連れてきたのだろうが、こんなところに及川と二人きりでいつまでもいたくはない。

「……おかげさまで、この図面の問題点についてはよく分かりました。ということで、ここにはもう用はありませんし、帰ります」

苛立《いらだ》ちを隠して、ぐっと立ち上がる。

だがベッドの足元が一段高くなっていることをすっかり忘れていた理人は、がくっとバランスを崩して、後ろ向きのままひっくり返ってしまった。

「わ…っ」

スローモーションのような感覚で、自分が背中から倒れていくのを感じる。

床に叩き付けられる瞬間の痛みと衝撃を覚悟して、ぎゅっと目をつぶったが、その衝撃はいつまで経ってもやってくることはなかった。

恐る恐る目を開けると、倒れかけた理人の身体ごと、ぐっと抱き寄せている男の姿が見えた。

——え？

「…っぶねーな。そのままベッドから落ちたら頭打つぞ」

耳元で響く焦ったような低い声。それにぞくぞくっとした痺《しび》れが背中を走り抜けていく。

摑《つか》まれた手首がひどく熱い。それが及川の指先だと意識した途端、全身の血がぶわっといっきに逆流するかのような激しい衝撃が走り抜けた。

頭の中が真っ白になる。

「…はな…しっ、てください！」

「ちょ…、おいっ、まて…。暴れるなって」

及川の制止も聞かずに、手足をばたつかせる。

「放せ…って！」

強く身を捩《よじ》った瞬間、理人の身体はずるりとその腕から抜け落ちて、どさりと鈍い音を立ててベッドの下へと落下した。

幸い毛足の長い絨毯が敷かれていたため、予想していたほどの痛みは感じなかったものの、ベッドから転がり落ちた姿はみっともないことこの上ない。

「あーあ。だから暴れんなっつったのに」

言いながら、呆《あき》れ顔の及川がベッドの上から手を差しのべてくる。再びそれに捕まることを恐れた理人は、伸びてきたその手を強く振り払った。

あ、と思ったときには遅かった。

ぶつかった手と手が、ばしっと大きな音を立てる。

及川は呆気《あっけ》にとられた顔でまじまじとこちらを見下ろしていたが、やがてその手を引っ込めると、耳の後ろをがりがりと掻《か》いた。

「……あのなぁ。いくらお前が潔癖症で、俺のことが気にくわないからって、その態度は正直かなり傷付くぞ。俺はバイ菌かなにかかよ?」

溜め息交じりに吐かれた台詞《せりふ》に、理人は一瞬、目の前が真っ赤に染まるのを感じた。

腹の底が奇妙に熱く捩れて、経験したことのないような怒りと羞恥《しゅうち》がどっとこみ上げてくる。

——よく、そんなことが言えるものだ。

そんな台詞、及川にだけは言って欲しくなかった。

十一年前……理人のことを先にバイ菌扱いしたのは、及川自身だろうに。

「あ…あなたが、そう言ったんでしょう！」

「え？」

「及川さんが先に…汚いって、俺にそう言ったんじゃないですか！」

なのにその本人から『傷付く』だなんて、そんなこと言われたくなかった。

「はぁ？　ちょっと待て。俺がいつ、なにを言ったって？」

だが及川は、理人の言葉の意味がよく理解できないといった顔で、首を傾げた。

「……忘れたっていうんですか…」

あのとき、理人に投げつけた拒絶を。

あれはちょうど、及川が理人の家によく出入りするようになって、二か月近くたった頃のことだった。

すでに生徒会を引退していた及川とは、学校で顔を合わせる機会もなくなって、唯一放課後だけが彼と過ごせる時間になっていた。

その日も及川とは家で一緒に勉強をしたあと、簡単な夕食をとった。茶碗を片付けてから理人が居間に戻ると、及川が机にもたれてうたた寝を始めていた。

センター試験も来月に迫り、疲れと寝不足が溜まってきているのだろうか。

そう思うと無理矢理彼を起こす気にもなれず、理人は傍にあった毛布をその身体にそっと掛けてやった。

及川の寝顔を見るのは、なんだかものすごく久しぶりな気がする。

だから――少しだけ、魔が差した。

整った寝顔にじっと見惚《みと》れているうちに、理人は長い睫毛《まつげ》が一本、及川の頰《ほお》にぽつんとついているのに気が付いた。どうしようかと悩んだのは、ほんの一瞬。

……睫毛を取るだけ。それだけだ。

そう自分に言い聞かせながら、そっと手を伸ばしていく。静かな寝息を立てているその人を、起こさぬように。

だが及川の頰に理人の指先が触れた一瞬、寝ていたはずの男の肩がびくりと大きく跳ねた。

『え…?』と思う間もなく、ばしっと鈍い音を立ててその手を強く振り払われる。

――声が出なかった。

勢いよく起き上がった及川の顔が、ぞっとするぐらい青白く、無表情だったから。

「……あ?　……理人…か?」

叩かれた手が、じんじんと熱く痺れて痛い。

だが理人は、それを隠すように慌てて後ろ手に回した。

「悪い………なんか、いま俺、ちょっと、寝ぼけてた…」

「いえ。……平気です」

どうやら及川は、理人と分かっていて手を振り払ったわけではないらしい。寝入りばなを起こされたことで驚いて、反射的に振り払ってしまっただけなのだろう。

そのことにわずかにほっとしながら、理人は無理矢理笑って見せた。

「先輩こそ大丈夫ですか？　なんか顔色が悪いですけど。もし体調が悪いようなら、そのまま休んでても…」

言いながら、ずれた毛布に手を伸ばそうとした途端、及川の肩が再び大きく揺れるのが見えた。ついで、肘で弾くようにその手を強く振り払われる。

……今のは、反射的なんかじゃない。

はっきりと明確な意図を持って振り払われたのだと、そう分かった。

「映《えい》…先輩？」

「……悪い」

理人の顔が引き攣《つ》っていることに気が付いたのだろう。及川は申し訳なさそうにふいと視線を外すと、その手で顔をごしごしと拭《ぬぐ》った。

「でも……俺に触らないでくれ」

苦みを含んだような囁《ささや》き。それに喉の奥が凍り付いたように、声が出てこなくなった。

どくどくとうるさいくらいに、心音が跳ねている。

「え……。な…んで、ですか？」

「……汚いから」

ぞっとするような低い声でそう言い切られた瞬間、理人は鈍い刃で心臓のあたりをざっと切られたような痛みを覚えた。

言葉が、なにも出てこなかった。

——見透かされた。

心の奥でずっとひた隠しにしていた、及川への気持ちを。

睫毛を取ろうとしただけだとか、毛布を直そうとしていただけなんて、そんなのはただの言い訳でしかない。本当はその身体に触れてみたいとずっと思っていたことを。

その黒髪をそっと撫《な》でてみたいだとか。大きな手のひらに、身体中撫でられたらどんな感じがするのだろうかとか。

そんな下心がきっと全てバレたのだと、そのとき分かった。

瞬間、全身が凍りついたように冷たくなった。

膝の上で、ぎゅっと握りしめた手のひらが、カタカタと震え出す。

「……勝手に、触ったりして、すみませんでした…」

あまりの居たたまれなさと恥ずかしさに、顔を上げることもできないまま理人が謝ると、及川も小さな声で『いや。こっちこそ…悪かった』と呟いた。

きっと及川のほうも、思い切り理人の手を振り払ってしまったことを気まずく感じていたのだろう。

「今日は……もう帰るな」

「…はい」

頷くと、及川は机の上に並んでいたノートや参考書を手早くまとめ、『お邪魔様』と声をかけて出ていったが、理人はいつものように玄関先まで彼を見送りに出ることすらできなかった。

――いつから。いったいいつから、自分の気持ちはバレていたのだろう?

もしかしたら、本当はずっと気持ち悪いと思われていたのだろうか。そう思ったら、足が竦んで動けなかったのだ。

幸いなことに、そのあとすぐに三年生の授業は午前中だけとなり、理人が及川と顔を合わせる機会はほぼなくなった。当然、及川が理人の家に寄ることもなく、気まずい雰囲気のまま短い冬休みが始まりを告げた。

本当は、何度ももう一度、謝りに行こうかと悩んだりもしたのだ。

だがもしまた迂闊《うかつ》に彼に近づいて、再び気持ちが悪いと言われたら。

もし及川の黒い瞳の中に、侮蔑の色を見つけてしまったら。

そうしたら、自分はもう生きていけない気がして、会いに行くこともできなかった。

三学期に入ってしばらくたった頃、風の噂で及川が目指していた医大に無事合格したことを耳にしたが、理人は自分から『おめでとうございます』と一言伝えに行く勇気すら持てないまま、ずるずるしているうちに卒業の日がやってきた。

卒業式当日ぐらいは、せめてお別れを言いたかったが、そう思っていたのは理人だけではなかったらしい。

人気者の彼は、大勢の同級生や後輩達に囲まれて、揉みくちゃにされていた。

結局、その輪に近寄ることもできないまま、遠くからその姿をそっと見送ったのが、高校時代の及川を目にした最後の記憶だ。

そんな風にして、理人の初めての恋はきつい痛みだけ残して、呆気なく終わりを迎えたのだ。

……勝手に好きになったのは、理人自身だ。だから振られたことに文句はない。

ただ彼を好きでいられたら、それでよかった。

だがあの日、それすらも許されないのだということを知ってしまった。

——男のくせに、同じ男を好きになる。

それがこんな風に相手や自分を傷付けることになるなんて、思ってもみなかった。

その結果、理人は恋に臆病になり、おかげでこの十一年、まともな恋愛をしてきていない。

時おりいいなと思う相手が現れても、またあのときの二の舞になるんじゃないかと思うと怖くて、無意識のうちに気持ちをセーブしてしまうのだ。

かといって、いわゆる新宿《しんじゅく》二丁目のようなところで、同好の士を見つけるだけの勇気もないまま、仕事に追われているうちにこの年まできてしまった。

本当は、理人だって恋をしてみたいと思うことはある。

たとえ男女のカップルのように普通の家庭を持てなくとも、心から愛する人に愛されたいと、夢見る少女のようなことを真剣に考えたことも、一度や二度ではない。

だがそのたび、好きな相手から『汚い』と拒絶されたあのときの感覚を思い出しては、全身がぞっと凍り付くような恐怖と痛みを覚えた。

おかげで潔癖気味だった性格にも、ますます拍車がかかってしまった。

なのにその原因となった張本人が、まるきりあの頃のことなど忘れたようなけろりとした顔で『俺、なにか言ったっけ?』と尋ねてくる。その無神経さには、さすがに腹が立って腹が立って仕方なかった。

「……及川さんは、俺との会話なんかもうとっくに忘却の彼方かもしれませんけど、残念ながら俺はそんな簡単に忘れたりできません。……というか、俺のことを本当は汚いって思ってるなら、もう放っておいてくれませんか?」

そうしたら、自分だってこんな痛い思いをしないですむのだ。

十一年前も——今も。

傍で笑いかけられながら、本当は心の中で『汚い』と思われているだなんて、考えただけでゾッとする。それぐらいなら、最初から『近寄るな』と邪険にされていた方がいい。

その方が……余計な期待をしないですむ。

からかうように名を優しく呼ばれたり。昔よりも柔らかくなった表情で、ふっと微笑《ほほえ》まれたり。そのたびにいちいち激しく跳ねる心臓を、無理矢理押さえつけたりしなくてもすむのだから。

「だから、それをちょっと待てって言ってるんだよ。気持ち悪いとかなんとか、さっきから一体なんの話だ？」

「あ……あなたが言ったんでしょう！　うちの居間で寝ていたとき……汚いから、お前には触られたくないって！」

そのこと自体を、別に根に持つつもりはなかった。

同性からいらない恋心を向けられたところで、気色悪いだけだという気持ちも理解できる。だが、自分でそう言って突き放したことまで都合よく忘れて、今更、仲良くやろうと言ってくるのだけはやめて欲しかった。

そのたび、とっくに忘れたはずの古傷がじくじくと痛むのだ。

汚いとまで思っているのなら、もう放っておいて欲しい。二度と名前なんか優しく呼ばないで欲しかった。

上司と部下として、仕事先で顔を合わせてしまうのは仕方がない。でもこちらからは必要以上に近寄ったりしないし、絶対に触れたりもしない。再会した日にそう決めた。

二度と自分の勝手な気持ちで、及川に嫌な思いをさせるつもりはないのだ。

だから及川のほうも、知らんぷりをしていて欲しかった。

　だが理人のそうした言葉を唖然とした顔で聞いていた及川は、ようやく合点がいったという表情で、額に手を当てた。

「あー……。そっか……。そういうことか……」

「……なにがですか」

「もしかして……お前の潔癖が悪化したのって、俺のせいか？」

　どうして、今その話になるんだ？

「べ、別に、及川さんのせいだなんて言ってません」

　たしかにあれがきっかけといえばきっかけだが、もしかしたら自分がものすごく汚い存在なんじゃないかと思って、人や物に触れられなくなったのは、理人自身の問題だ。それを及川のせいにするつもりはない。

　だが及川は右手で目元を覆うと、『はぁ…』と力ない様子で大きく息を吐きだした。

「……違うって」

「なにがですか」

「あのときのあれは……別にお前のことを、汚いって言ったわけじゃない」

　――今更、なにを言い出すのかと思った。

　手を振り払ったとき、『汚いから触られたくない』とそうはっきり言ったじゃないか。

「ていうかさー。俺、お前のことを汚いなんて思ったこと一度もないぞ？」

さすがにその言い分には、カチンときた。

「今更……っ、そんな風に誤魔化《ごまか》して欲しくなんかありません！」

「本当だって。……だいたい俺、あの頃、お前のことが好きだったしな」

一瞬、思考がピタリと止まった。

あまりにも気後れもなくさらりと言われたために、及川の呟いた言葉の意味がよく理解できなかったのだ。

――好きだった……って？

一体、誰が、誰をだ？

理人の恋心が及川にバレていただろうことは、もう分かっている。

その姿をいちいち目で追いかけ、及川に名を呼ばれれば、まるで犬のように喜んで傍へと走っていった。今から思えば、あれでバレていないほうがおかしいというぐらい、自分の行動は分かりやすいものだっただろう。

その結果、相手を傷付け、自分も傷付けてさんざんだったが、それでも時間をかけて仕方がなかったと諦《あきら》めを付けたのだ。

あれはもともと、実るはずのない片恋だったと。

なのに……よりにもよって、『あの頃、お前を好きだった』なんてそんな言葉を、今更ネタのように使われるとは思ってもみなかった。

「……最低ですね」

「あ?」

「お、及川さんが、俺なんかに想われて迷惑だった気持ちは分かります。……でも、そんな嘘《うそ》まで吐かなくたって…」

もしかしたら、これが及川流の慰めのつもりなんだろうか。

だとしたら、そんなものはいらない。同情で言われた言葉になんの意味があるのかと、キッとその目で睨み付けると、及川ははぁと肩で大きく溜め息を吐いた。

「いや、だからそれもほんとの話なんだけど。……疑うなら、証拠みせようか?」

「証拠?」

それはなんだと問いかける前に、及川が手を伸ばして、理人の手を摑んできた。

びくりと理人が手を引きかけても、思わぬほど力強い手にがっしりと摑まれて、解くことも叶わなくなる。

そうして及川は半ば強引に理人の手を開かせると、その中央へと顔を寄せてきた。

「……っ」

べろりと、手のひらを舐《な》めあげられたような気がした。

……いや、気がしたじゃない。実際に舐められていた。

熱く濡れた舌がゆっくりと皮膚を渡る感触に、息が止まりそうになる。

なにが起きたのかすぐには理解できなくて、呆然と固まっているうちに、及川は理人の手をさらに引き寄せると、その人差し指を口に含んできた。

ねっとりと、指の根本まで舐め下ろされる。熱い舌が指の股をちろりと舐めた瞬間、理人は全身の血がカッと滾《たぎ》るのを感じた。

心臓や耳だけじゃない。身体中の血がピンボールみたいにあちこち跳ねて、収拾がつかなくなっていく。

「な、なななな…っ、なにやってるんですか！」

親指の付け根にカリ…と歯を立てられた瞬間、その痛みにハッと我に返った理人は、慌ててその手を引き戻した。

それでも濡れた感触は、手のひらと指先からじんじんと伝わってきて、理人は自分が顔だけじゃなく、首筋まで真っ赤に染まっているのを自覚した。

だが理人を激しく狼狽させたその本人は、けろっとした顔のままこちらを見上げてきた。

「俺、お前のだったら、足の指の股でも舐められる自信あるんだけどな。なんならそっちも実践してみせようか」

そう言って、足元へかがみ込もうとする男を必死で止める。

「も、もういいですっ！　もういいですから！」

このまま放っておいたら、本当に足の先まで舐められかねない気がした。

そんなことまでされてしまったら、今の自分なら一瞬で息が止まるに違いない。

そうじゃなくても頭の中はパニック状態で、呼吸も満足にできていないのだ。

これ以上おかしな真似はされたくないとざっと身を引くと、及川は『な。これで分かっただろ?』と楽しげに目を細めた。

「お前のこと汚いなんて思ってたら、こんなことするわけがないだろうが。あのとき……汚いって言ったのは、お前のことじゃなくて、俺自身のことだよ」

「なに、言ってるんですか…」

「あの頃は特にさ、身体中のいたるところに膿《うみ》が溜まって、臓腑《ぞうふ》の中まで腐りきってるって、そう信じてたからな」

にわかには信じられない話だった。

だが及川は両手を膝の上で組むと、そのまま項垂《うなだ》れるようにして顔を乗せた。

その顔つきに、はっとなる。

――あの頃、ときどき見せていた、能面のような無表情の横顔。

それを目にしてしまえば、とても及川が嘘や冗談を言っているようには思えなかった。

だが予想外の言葉を突きつけられて、頭の中が追いついていかない。

「なんでそんな風に…?」

理人の疑問に及川は弱ったような、どこか苦り切った笑みを浮かべて、『そうだな。俺のせいで、お前には変な誤解させてたみたいだし。……聞く権利があるかもな』と呟いた。

「あのな。俺が初めて女と寝たのは、中学二年のときだ」

なぜいきなりその話を及川が始めたのか分からずに、眉をひそめる。

そんな自慢話、聞きたくもない。

「相手はお袋だったよ」

一瞬、なにかの聞き間違いかと思った。

「……え？」

「正確には、義理のお袋だけどな」

「そ…れは、どういう…」

「言葉どおりの意味だ。うちの親父はどうしようもない女好きでさ。俺を産んだ母親と別れたあとも、いろんな女を連れ込んでた。お袋とも弟ができて仕方なく結婚はしたものの、すでにもう飽きがきてたんだろうな。……再婚してすぐ、別の女をつくって家には帰らなくなった」

淡々と続ける及川の声に、あの頃の記憶が呼びさまされる。

可愛《かわい》がってた弟とは対照的に、ひどく冷ややかだった父親への批評。

そして、なぜか会話には一度も出てこなかった、母親の存在も。

「にわか仕込みの家族だったけど、それでも俺にとってはたしかにお袋だったよ。あの日までは。……小さな頃からずっと面倒見てもらってたし、弟とは血も半分繋《つな》がってたしな。でもお袋のほうは、もともと精神的に不安定だった上に、欲求不満だったんだろーな。ある晩、なんか重苦しくて目が覚めたら、素っ裸で目の前にいた」

「………」

「すぐ隣の部屋では弟が寝てたし、なにが起きたのか分かんないうちに咥《くわ》えられて、乗っかられて。……それからは、いつあの女がまたふらりと部屋に入ってくるんじゃないかと思うと、あの家の中じゃ、とても安眠なんてできなくなった」

それまで、『母親』だと信じて慕っていた相手から、突然受けた暴力。

それが及川にとってどれほどショックだったかは、淡々とした口調と、能面みたいな表情がかえってその大きさを物語っていた。

そうしてその暴力が一度や二度ですまされなかったことも、及川の言葉を聞けば明白だった。

「俺が嫌がってやめろと部屋から追い出すと、あの女はわざと弟の目の前で、自殺騒ぎを起こすんだ。それで弟が泣き出して、俺が宥《なだ》めて、ようやく落ち着く。その繰り返しだった。……高校三年の頃が一番きつかったなぁ。卒業したら家を出ようと思って、こっそり準備してたんだけどな。それが見つかって、また脅迫まがいの自殺騒ぎを起こされたりして。家ん中が、もうメチャクチャだった。……このまま一生、俺はあの家で飼い殺されんのかなーとか思ったら、いっそ川にでも飛び込んでそのまま流されちまえば、楽になれるのかもと思ったこともある」

及川の揺れた瞳を見て、ざっと血の気が下がるのを感じた。

もしかして――それは、あのときのことだろうか。

理人が、川沿いの橋の上で立ち尽くす及川を見つけたあの夜。及川の表情からは、ごっそりと、全ての感情がこそげ落ちていた。

もしもそうなら、あのとき理人が声をかけなかったら……及川は、一体どうしていたのだろうか。そう思ったら背筋が凍りついた。

理人が顔色をなくしたことに気が付いたのだろう。及川は困ったように目を細めると、『お前がそんな顔すんなって』と笑った。

その時理人は『ああ、そうか…』とようやく全ての謎がとけた気がした。

あの頃、及川がいつも学校のあちこちをふらついては、安らかに眠れる場所を求めていたのはどうしてか。

泳げないと言っていた彼が、あんな目で川の流れをじっと見つめていたのはなぜなのか。

まるで、帰り道を失くした迷子みたいに。

あの日、暗い川をじっと見つめる及川の横顔を目にした瞬間、理人はどうしても声をかけずにいられなかった。

その理由が今、ようやく分かった。

「あの頃、お前の家で食べさせてもらった甘口のカレーと、なめこの味噌汁《みそしる》。あれ……死ぬほどうまかったなぁ」

ぽそりと懐かしむような声で呟かれたその一言に、なにも言葉が見つからなかった。

「……及川さん…」

「あれよりうまいものなんか、俺、いまだに食べたことねーわ」

そう言って優しく笑った遠い眼差しに、心臓が両手で絞られるみたいにキリキリと痛んだ。

あんなの、炒《いた》めた野菜に出来合いのルーを突っ込んだだけの、ただのカレーだ。

しかも理人がまだ料理を覚え始めたばかりの頃の話で、正直に言えば、今のほうが絶対に美味しく作れる自信がある。

なのに及川は、あのとき食べたカレーが今まで生きてきた中で、一番美味しかったと笑う。

その心が、痛くて痛くてたまらなかった。

鼻の奥がツンとして、じわりと喉の奥が熱くなる。視界が急に、霞《かすみ》がかったように淡く滲《にじ》んだ。

「おい、泣くなよ…」

「な…泣いてません…っ」

思わずボロリと頬に零れ落ちたものに自分でも驚いて、理人は慌ててぐいと手の甲でそれを拭った。

「俺が大学の寮に入ったときにあの家とはめでたく縁も切れたし、逃げようと思えばもっと早く逃げられたんだ。だから同情なんかしなくていいぞ?」

その苦笑いが痛くて、ぐっと奥歯を噛《か》み締《し》める。

「……本当に、そんなんじゃないです」

本当にそんなつもりじゃなかった。

別に、及川の境遇に同情したわけじゃない。

「ただ…、悔しいだけです」

あの頃、及川のすぐ隣にいながら、クールな横顔の下に押し隠されていた彼の苦しみにまるで気付いてやれなかったことが、ただただ悔やまれて仕方なかった。自分の気持ちだけに精一杯で。

あれから十一年。及川が今こうして穏やかに笑っていられるのは、きっと彼がそれだけ色々なものを乗り越えてきたからなんだろう。たった一人きりで。

そう思ったらまた泣けてきてしまい、理人が必死に鼻をすすると、及川は『まったく、お前はほんと変わらないよなぁ…』と目尻に小さな皺《しわ》を寄せた。

その困ったような、少し嬉しそうな表情を目にして、またもや胸がズキズキと痛み出す。

「変な話を聞かせたりして、悪かったよ。でもまぁもうそれもとっくに終わった話だし、お前が気にすることなんかないから。……そういうわけで、お前はなにも悪くないし、汚くなんかもない。ただの思い込みの話なんか、とっとと忘れな」

『全部、忘れてしまえ』と、及川が優しい声で言う。

まるで理人の心の重石まで、取り除くみたいに。

「さーて。家でクロが待ってるだろうし、そろそろ帰るか」

そうして軽やかに立ち上がった及川の背中に、理人はなにも声をかけることができなかった。


どうやって家までたどり着いたのかよく覚えていなかったが、気が付けば理人は自宅の洗面台の前に立っていた。

水だけでざっと軽く手を洗い、ついでに顔も洗う。いつもならきっちりと石けんで洗わないと気になって仕方ないのに、今はそれすらどうでもよかった。

水が目に染みて少しだけ痛かったが、火照《ほて》った瞼《まぶた》にはそれがかえって心地いい。

顔を上げると、真っ赤な目をした自分と目が合って、それに少しだけ狼狽する。

こんな情けない顔を及川にも見られたのかと思うと、それがひどく恥ずかしかった。

及川といえば、理人を家まで送り届けたあと、飄々《ひょうひょう》とした顔でいつものようにクロの散歩に行くと、そのままあっさりと自宅へ帰って行った。

二人で話したことについては、一言も触れず。

——全部忘れてしまえと、及川はそう言っていた。

彼の苦い過去も、理人の勝手な勘違いも。

及川がかつて自分を好きでいてくれたという、その事実も含めて。

あの頃、及川がなぜうちに通ってきていたのかなんて、その理由を考えたこともなかった。

ただ、いつも一方的に自分だけが、彼を見つめているのだとそう信じていた。

この家で一緒に勉強し、下手くそな夕食を一緒に作った。それだけでおつりが来るほど毎日が幸せ過ぎて、わくわくして眠れなかった。

夜、及川が家に帰ってしまうときは寂しくて、その背中を玄関先で見えなくなるまで見送ったりもした。ときどき及川がこちらを振り返って手を振ってくれるのが、嬉しくてたまらなかった。

あのとき……もしかして及川も、そんな気持ちでいてくれたのだろうか。

後ろ髪を引かれるように振り返りながら、小さく手を振ってくれていた横顔は、もうおぼろげにしか思い出せない。

どちらかといえば、理人の中で繰り返し思い出されるのは、目尻に小さな皺を寄せて口を開けて笑っている今の及川の顔だった。

それから『一ノ瀬』と自分を呼ぶあの柔らかな声も。

それらを鮮明に思い返した途端、心臓がどっどっと音を立てて、不自然なくらいに早く動き始める。

同時に、痛いくらい心臓が捩れて切なくなった。

この感覚は、以前にも感じたことがある…。

自分自身を見失ってしまいそうな、足元がふわふわとして立っていられなくなるような、不思議な感覚。

……及川は、かつての理人のことを好きだったと言ってくれた。

ならば——今は、どうなんだろう？

もうその気持ちは、及川の中では終わってしまった話なんだろうか。

考えれば考えるほど、なんだか居ても立ってもいられなくなり、理人はもう一度冷たい水で顔をごしごしと洗った。


——あ。また後ろ髪が跳ねてる。

二階の廊下から吹き抜けとなっている一階の地域広場を覗き込むと、トレードマークの白衣が見えた。

思わず足を止めて、その姿をじっと見つめてしまう。

及川とラブホテルから戻ってから早三日。その間、及川が本庁に呼び出されて出かけていったり、理人の方でも研修があったりでバタバタしてしまい、及川とはあれからまともに話をしていなかった。

相変わらず朝と晩、及川は理人の家に寄ってクロの散歩へ出かけていくが、用が済めばあっさりと帰ってしまう。そういう意味で言えば、理人よりもクロのほうが及川といる時間は多いのだろう。

もともとセンターで顔を合わせたところで、挨拶程度の話しかしてこなかったこれまでを思えば、今のこの距離も自然なはずだ。

なのに気が付けば、理人は及川の姿ばかりを目で追ってしまっている。一日会話がないだけで、寂しいなどと感じてしまっている自分がいるのだ。まるで、高校時代と同じように。

あの頃と違うことと言えば、及川が人懐こい笑顔でよく笑っているところだろうか。

今も及川は広場に置かれたソファに陣取り、今日の健康相談に来ていたらしい男性数名と、輪になってなにか話している。

その中に見たことのある男性を見かけて、理人はふと記憶の波をさらった。

……たしか、あの人って。

「一ノ瀬、なにやってんの？」

声をかけられて振り向くと、葉子《ようこ》が『ははぁ』と訳知り顔で口元を緩めた。

「また所長のこと捜してたんでしょ。所長なら、さっきまで健康相談やってたから、まだ一階の診察室にいるんじゃない？」

「今はそこにいるよ」

親指で下を指し示すと、葉子も同じように吹き抜けの一階を見下ろして、なるほどと頷いた。

「あー…、瀬戸《せと》さんたちが来てるのか。それじゃしばらく長引くかもね」

そうだ。たしかそんな名前だった。

前回の健康相談のあと、及川と集会室で賭け事をしていた男性だ。

「浅井《あさい》は、あの人のことよく知ってるのか？」

「うん。うちでは結構な有名人よ。ほら、うちの区の南に日雇い労働者専門の簡易宿泊街があるでしょ。そこの、まとめ役やってくれてるの」

「簡易宿泊街のまとめ役…」

小柄で温和そうに見える男だが、瀬戸と呼ばれたその男性は、高齢ながらもかなり筋肉質な体格をしていた。

「去年の年末、あそこの宿泊施設の一つで結核の集団感染が出てね。排菌してたのは結局二人だけだったんだけど、結核って感染してても発症しない人のほうが多いから、同じ施設にいた人たちに予防薬を飲んでもらってるのよ。でもああいうところって、いろんな地域から人が集まってるから、服薬を継続させるのが難しくてねー…」

「でも、結核の治療費は公費負担のはずだろう？」

ただで治療が受けられるのだし、彼らにとっての負担は少ないはずだ。なのに葉子はその言葉に、難しい顔をして口をへの字に曲げた。

「そうなんだけどね。人間って現金な生き物だから、自分が苦しいときは薬も真面目に飲むけど、いざ治ってきたり自覚症状がなかったりすると途端にどうでもよくなるのよね。でも結核の場合、一度感染したら完全に治りきるまで半年以上は薬を飲み続けないといけないの。その間、検診も受けないとダメだし。……それが季節労働者の場合、本当に季節ごとに移動していったりするから、いつの間にか足取りが摑めなくなっちゃったりするのよね」

「そうなのか…」

「面倒だからって途中で薬をやめちゃうケースも多くて……。その場合、大変になるのは本人だけじゃなくて、その周りにいる人間もなのにね」

「どうして周りが大変になるんだ？」

　本人だけならまだしも、周りの人間まで問題になるという意味が分からなかった。

「今時の結核って昔と違ってちゃんと治るはずなんだけど、その分、かなり強い薬を使ってるから、ちゃんと最後まで治しきらないうちに薬をやめちゃうと、菌自体が耐性菌に変化したりすることもあるの。で、その耐性菌を本人が知らず知らずにまき散らす。結核は空気感染だから、周りにいる人まで強い結核菌にかかっちゃうわけ。そうなると改めて強い薬を飲んだところで、もう効かないのよ。……この現代社会に、いまだに結核で死ぬ人間がいなくならないのはそのせいもあるわね」

「……大変なんだな」

それは、テレビやラジオではあまり知らされることのない現実だった。

「だからうちの所長が、何度も宿泊街に出入りして、世話役の瀬戸さんに話をつけてくれたの。服薬中の人はたとえどこに行っても、薬だけは切らさないように、移動したら移動した先の保健所とすぐ連絡取れるようにって」

「所長が？」

「そう。結核に限らず、感染症の予防で一番大事なのは正しい知識だからね。でもこういう話を聞く機会って、普通に生活してると滅多にないじゃない？　だから結核が出たときは、これをきっかけに周囲にも知ってもらえるよう私たちも訪問したり、面接したりして回ってるわけ。ちゃんと治療しさえすれば問題ない分、誰がなったとしてもおかしくない病気だしね。でも……簡単そうに見えて、この普及活動っていうのがなかなか浸透するまで難しくってねー」

「そっか…」

「だから所長が今も月に一度はああやって、あそこの人達を呼び出してはレントゲンを撮ったり、様子を聞いてくれたりしてるのよ。保健所ってちょっと敷居が高いみたいで、最初はなかなか来てもらえなかったんだけど。結核以外にも結構持病とか持ってる人も多いし、今はいい相談役になってるみたい」

すでにここで二か月以上働いているというのに、理人にとっても知らないことだらけの話だった。

保健師として働く葉子のことも、何度も簡易宿泊街に足を運んで、世話役にまで話をとりつけたという及川のことも。

……地味だけれど、誰かがやらないと滞る仕事。

ふとあのとき、及川が呟いていた言葉が脳裏を過《よぎ》る。

及川は今、瀬戸たちと輪になってバカ笑いをしている。あんな風に一緒になって笑いあえるような信頼関係を築くまで、その裏ではきっと静かな努力が積み重ねられてきたに違いなかった。

及川は以前、『病気を診るより、人を診たい』と言っていた。

それは多分きっと、こういうことなのだ。

昔とは違う及川の人懐こい笑顔に、胸の奥がじわりと熱くなった。

「……参ったな」

どうしよう。……ものすごく、かっこいい。

寝癖のついた髪に、皺だらけの白衣。なのにやっぱり理人の目には、及川は誰よりもキラキラと輝いて見えた。あの頃以上に。

十一年前、暗い目をして橋の上からじっと川の流れを覗き込んでいた少年は、今は明るい日の下で、声を上げて笑っている。困っている誰かに手を差しのべながら。

それに比べて自分はいったいいつまで、同じ場所で一人立ち竦んでいるつもりなんだろうか。

そう思ったら急速に居たたまれないような恥ずかしさを覚えて、理人はぐっと手のひらを強く握りしめた。


縁側に腰掛けたまま、しばらくぼうっとしていたせいだろうか。

「わ…っ」

突然、目の前にぬっと迫った大きな黒い塊に、理人は驚いてぎょっと声を上げた。

「ス、ステイ！」

及川から教えてもらったとおりのコマンドを告げると、クロは縁側から足を下ろしてぺたりと床に座り直した。見れば、いつの間にかエサ皿が空っぽになっている。

「……なんだ。もう食べ終わってたのか」

呟くと、それに答えるみたいに黒い尻尾がわっさわっさと左右に大きく揺れた。

一度、理人に飛びかかろうとして叱《しか》られて以来、クロは傍にいても飛びかかってこようとはしなくなった。前の家で躾《しつけ》もちゃんとされていたらしく、『ステイ』『よし』『伏せ』などのコマンドにもちゃんと従う。

おかげで理人一人でも、エサやりだけはなんとかできるようになっていた。

クロは曇りのない黒い瞳で理人をじっと見上げ、こちらの言うことに耳を傾けている。それに励まされるように、理人はコホンと一つ咳払《せきばら》いをした。

「あの。クロ……さん」

犬に『さん』をつけるのはいかがなものかと思ったが、呼び捨てにするほど親しいわけでも、ましてや自分は彼の飼い主でもない。

「俺は別に……クロさんが怖いわけでも、嫌いなわけでもないです。……分かりますか？」

尋ねると、長い尻尾がパタパタと激しく左右に揺れた。

「ただ、ちょっと……うん。ちょっとだけ、触るのが苦手なだけで…」

言いながら、その黒い瞳を覗き込む。

クロの目を見るたびに、理人はなぜいつも及川の瞳を思い出すのか不思議だったが、今ならばなんとなくその理由が分かる気がした。

クロも、及川も、きっと根本的なところが似ているのだ。

信じていた大事な相手から傷つけられて。それでもまだ優しい瞳をしている。

その瞳をじっと見つめているうちに、理人はなぜだか無性にむずむずしてきて、再びコホンと一つ咳払いをした。

「クロさん。……その、よければ少し……触らせてもらってもいいでしょうか？」

自分でも、なにを言っているのかと思った。犬に向かって許可を取ってみたところで、なんの意味もない。

だが理人をじっと見上げてくる優しい瞳を前にしたら、なんだか全ての話が通じているような、そんな気がした。

たぶん……いきなり飛びかかられさえしなければ、きっと平気だ。

「ステイで。できれば、ステイのままで…」

言いながら、恐る恐る手を伸ばしていく。指先で頭部にそっと触れてみた瞬間、ベルベットのような手触りにまず『うわ…』と、思った。

「…あったかい…」

柔らかくてするするとした毛並み。なによりもその体温の高さに驚かされる。

生き物なのだから当然の話だが、この十一年、他の生き物の体温にほぼ触れたことのなかった理人にとっては、そのぬくもりはとても衝撃的なものだった。

理人がしばらくそのまま固まっていると、クロは焦れたように尻尾を大きく振りながら、ぐいぐいと手に頭を擦り付けてきた。まるで、もっと撫でてくれと言わんばかりに。

それに脇腹がきゅんとするようなくすぐったさを覚えて、理人はもう少し強く、手のひらを滑らせてやった。

及川がよくやっているように、垂れた長い耳にもそっと両手で触れていく。

――そうか。こんな風に、柔らかくて温かいのか。

なにもかも、知らないことばかりだ。

きっと世の中の出来事なんて、そんなものかもしれない。

怖がったり、不安がって立ち竦んでいないで、自分から手を伸ばして触れてみないと分からないことばかりなんだろう。

仕事のことも。……及川のことも。

理人が撫でてくれたことがよほど嬉しかったのか、クロは突然起き上がると、理人の手をベロベロとその長い舌で舐め回し始めた。

「わっ、待った待った。ステイ、ステイです！」

さすがにそれにはびっくりして、慌てて待ったをかけてしまう。すると再び大人しくなったクロは座って、理人をじっと見上げてきた。

その顔つきが、なんだかひどくしゅんとしているようにも見える。

「別に、怒ったわけじゃないですよ」

思わず笑って声をかけると、長い尻尾がもう一度大きく揺れた。

頭の中が整理がつかないほどぐるぐるしたり、胸の中がもやもやとしたとき。

人によってその解消法は千差万別だろうが、理人は台所に立って料理を作ることにしている。

料理は次になにをすればいいのかが決まっていて、迷いがない。野菜を洗い、皮を剝《む》き、鍋で炒めたり煮込んだりしながら、順に味を調えていく。

その一連の作業が、すっきりとして心地よかった。

さらにそのあとで、食べることもできる。まさに一石二鳥だ。

もともと料理を作り始めたのは必要に迫られてのことだったが、さすがに十年以上台所に立ち続けていれば、それなりにレパートリーも増える。

理人は炊きたてのご飯を扇ぎながら酢飯を作ると、そこに用意しておいた具材を混ぜ込んだ。

枝豆と大葉。それから細かく刻んだ新しょうがの漬け物。酢飯に混ぜたそれを、甘くたっと煮込んだ油揚げの中に、ひとつひとつ丁寧に詰めていく。

もう一つにはワサビ菜の漬け物とごまを混ぜ込み、少しピリ辛に。

おかずには旬の食材として、竹の子とわかめをあっさりの鰹《かつお》だしで煮込み、添え物には菜の花の酢味噌和《あ》えを用意した。

それを二つの弁当箱に丁寧に詰めていき、少し早めに家を出る。

センターについたあとは、いつもどおり施設の鍵開けと出勤簿をカウンターに用意した。

そこへ出勤してきた一人一人が判を押し始めた頃、目当ての人物の姿が見えた。

「増田係長。すみません。よろしければ本日、少しお時間いただけませんか？」

いつもどおり、出勤してすぐ薄緑のツナギに着替えた増田を呼び止める。

「……今から朝礼だ」

「はい。ですのでお昼休みで構いません。係長はいつも外で食べていらっしゃるようなので、勝手ながら今日はこちらでお弁当を用意してきました。いなり寿司ですけど。お嫌いじゃなければいいのですが…」

理人の言葉に、いつもはむすっと皺を寄せた眉が、ひょいと微《かす》かに上がる。

突然の申し出に、なんだこいつと思われているのは間違いないだろう。

だが理人としてはここで引き下がるつもりはなかった。もし今日がダメなら、明日でもいい。ともかく、話をする機会と時間をもらわなければ。

「午前中は、うちのやつらはみんな出払ってる。帰る時間は十二時過ぎだ」

それだけ言うと、ぷいと背中を向けて環境課へと戻ってしまう。

分かりにくい返事ではあったが、つまりは了承ということなのだろうと結論づけると、理人はほっと胸を撫で下ろした。

「うっそ。それであの増ジイ…じゃなかった、増田係長と二人で昼食会したの？」

「うん」

「うわー、度胸あるわね…」

理人の言葉に、葉子は軽く目を見張った。

十二時を少し過ぎてセンターへと戻ってきた増田は、理人から渡された弁当をもくもくと食べた。

あまりにも黙って食べているので、もしかして口に合わなかったのかとひやひやしたが、一緒に淹れた濃いめのお茶まで飲み干したあと、『ご馳走様《ちそう》。うまかった』とぽつりと漏らした。

それを見て、ああこの人はぶっきらぼうなだけで、悪気はないのだなと理解した。……理人の祖父と同じで。

「それで、どうだったわけ？」

「一応、環境課からも一人は出してもらえることになったよ」

増田には、まずはホテルの申請の件について、よく知らずに先走ったことを詫《わ》びた。

その上で、一つの提案もしてみた。

できることなら、全ての課を通してのちょっとした勉強会を設けてみたいと。

増田たちの言うとおり、理人は公務員七年目とはいえ、公衆衛生行政に関してはド素人だ。

マニュアルに書いてあることは調べられるし、研修も年に一度あるが、実際の現場のことになるとよく分からないことが多い。

そういう意味では今年入ってきた新卒の子と、立場はほぼ同じだろう。

だからこそ知っておきたいと思ったのだ。今このセンターではなにが問題で、どういうことに各自が気を配らなければならないかを。

「ここって三部署あってもお互いに専門分野が違うから、知らないことがそれぞれに多いと思うんだ。俺も浅井が保健師なのは知ってたけど、実際、保健師が保健所でなにをやっているのかなんて、ここにくるまで知らなかったし」

「まぁ、普通はそうかもねー。っていうか、若い男の人なんて保健所に足を踏み入れたことがない人のほうがほとんどじゃないの？　子持ちのお母さん達なら、母親教室とか三か月検診とかで、それなりに関わることもあるけどさ」

保健師だけじゃない。歯科衛生士、放射線技師。保健所にはさまざまな分野の職員が働いている。

「うん。でも俺たち事務屋は一応、全ての課と関わりがあるわけだから、色々と知っておかないとと思って。区民の人が相談に来たとき、専門の職員がいないと分かりませんじゃ話にならないだろ」

今回の偽装ラブホテルの件や、結核の話がいい事例だ。

谷原には先日、ビジネスホテルとしての申請では受理できない旨を電話で伝えた。谷原は電話口で、『だからそこをお前に頼んでんだろ』としばらくごねていたが、『一昨年の法改正により、風俗営業等の規制に関する取り締まりが強化されたのはご存じでしょうか？　こちらにいらしていただければ、専門の職員から説明させますが』と口にした途端、ガチャリと一方的に電話を切られた。

こうした事例をなくすためにも、月に一度の割合でいいので、各課から参加者を募り、お昼休みに昼食会を兼ねた勉強会を開いてみたいと理人が提案してみたところ、拍子抜けするぐらい、あっさりと増田は『……いいだろう。うちの課からも参加させる』と頷いてくれたのだ。

理人の説明を聞いたあと、浅井は『はぁ』と苦笑交じりに溜め息を吐いた。

「前から思ってたけどさ、一ノ瀬ってほんとクソ真面目っていうか……律儀よねぇ」

「……それはダメっていう話か？」

「まさか。これでも褒めてんのよ。今までの事務屋とちょっと違うよねって、うちでも話が出てたとこ。ここだけの話、うちみたいな分室にくる事務屋って、本庁からは離れてる分、出世路線からも遠いでしょ。どうせ数年だけの腰掛けだから適当にってタイプも多いのよ。一ノ瀬と入れ替わりに出てった前の事務屋なんか、そりゃもうひどかったわ。五時になると一切仕事しないの。うちらが訪問から戻ってその日かかったバス賃とかの申請書出しても、『明日にしてください』って帰り支度始めちゃってさ。で、終業の鐘が鳴ると同時に出ていくわけ。お前がお役所かよって感じ」

　いーっと歯を出して話す葉子も、事務屋に対して思うところは少なからずあったのだろう。周りからの理人への視線がきつかったのは、もしかしたら以前の担当者との問題もあったのかもしれなかった。

「昼休みも下の診察台で昼寝してるだけで、書庫なんか見もしなかったわ。だからってわけじゃないけど。うちらも事務屋にはあんまり期待してなかったっていうか。……でも、いつまでもそれじゃやたしかにダメだしね。今年は保健指導課からも一人、ファイリングシステムの研修に出す人を募ろうかって話してたとこなの」

「え……」

「一ノ瀬がもくもくと過去の積み上がった書庫整理してるの見て、うちでも気まずさは感じてたみたいよ。それに所長からも言われてたしね」

「所長が…？」

「うん。ファイリングや事務処理なんかは本庁仕込みの一ノ瀬が、一番よく知ってるだろうから、教えてもらうといいって。あの書庫をなんとかしなくちゃって話は、一ノ瀬が来るずっと前から出てたしね。面倒くさがって、誰も手を付けようとしなかったけど」

　知らなかった。もしかして昨日、増田が理人の話を聞いてあっさり頷いてくれたのも、そうした及川からの援護射撃があったからだろうか。

「それで……一応、保健指導課の係長にも許可は取ったんだけど。保健指導課は人数が多いし、もしできれば浅井にはその連絡役をやってもらえないかと思って」

「オッケー。月に一度の昼食会兼、勉強会。面白そうね。うちの課からも参加する人、結構いると思うよ。うちらも普段から環境さんや食品さんには、レジオネラや食中毒が出たっていうたびお世話になってる割に、詳しいことまではよく知らないしね」

浅井から快く了承してもらえたことに、ほっと胸を撫で下ろす。

……よかった。うまくいくかどうかはまだ分からないが、ともかくまずは始めてみようと思う。

たとえ手探りでも、触れてみなければなにも始まらないのだから。

ありがとうと理人が礼を言うと、葉子は『その代わり、今度そのいなり寿司、私にも食べさせてよね』と茶目っ気たっぷりに笑った。


カシャンと入り口のアルミ扉が開く音に交じって、はっはっと散歩帰りのクロの吐く息の音が聞こえる。

どうやら今日も、散歩がてらたくさん遊んでもらってきたらしい。

「おかえりなさい」

「…一ノ瀬…」

縁側に座り込んだまま声をかけると、まさか理人がそこで待ち構えているとは思わなかったのか、及川は目を丸くしてこちらを見つめた。

「あ、おい」

タタタ一とクロが理人のところまで走り寄ってくる。及川が慌ててリードを掴んだが間に合わず、クロは縁台に手をかけると理人の手にその頭を擦りつけてきた。

「クロさんもおかえり」

声をかけながら、その頭をそっと撫でてやる。最近はエサをやるたび、そうして少しだけ彼の頭を撫でてやるのが日課になっている。

その様子を初めて目にした及川は、ぽかんとした顔でいつの間にか少しだけ仲良くなった理人とクロを、まじまじと見つめていた。

「及川さん」

「うん?」

「もしよければ……うちで、夕飯を食べていきませんか?」

「……へ?」

かつて聞いたものと同じ台詞に、及川が呆然とこちらを見つめているのが分かる。

それはそうだろう。これまで及川が何度クロの散歩に家へ来ていても、一度として理人は家の中まで上げたことはなかったのだから。

「っていっても、ただのカレーしかないんですけど」

部屋から漏れてくる電気のおかげで、縁台に座る理人の顔は逆光になっているはずだ。

そのことに感謝しながら再び口を開くと、及川は一瞬、泣き出しそうにくしゃりとその顔を崩して笑った。

「……そのカレーって、甘口？　辛口？」

「残念ながら、甘口です」

「えー。俺、カレーは辛口のほうが好みなんだけどなー」

「そう言いながら、どうせ山ほど食べるんですから、文句言わずにとっとと上がってきてください。あ、手はちゃんと洗ってきてくださいね」

言いながら、理人は自分も急いで縁側から家の中へと飛び込んだ。

『甘い』と文句を言いながらも、及川は出されたカレーを三杯も平らげた。一緒に出した、なめこと豆腐の味噌汁も一緒に。

まるで長いこと、食事にありついていなかった旅人のように。

食事を終えたあとは一緒に並んで食器を片付けた。まるで高校時代のひとときに戻ったような不思議な時間の中で、理人は本日、葉子から耳にした話題を切り出した。

「そういえば、今年は各課から一人ずつ、ファイリングシステムの研修に出ることに決まったそうですね」

「そうらしいな」

「あと来月から月に一度、昼休みに各課から参加希望者を募って、勉強会を開くことになりました」

「へぇ。そりゃよかったな」

自分が言葉を添えておいてくれたことなどおくびにも出さず、頷きながら皿を拭《ふ》いている及川を見て、理人は苦笑を零した。

こういうところが実に及川らしいと思う。口には出さないくせに、いつも誰かのために動いている。

「……及川さん。聞いてもいいですか?」

「ん、なんだ?」

「前に……俺のことを好きだったたって、そう言ってくれましたよね」

この話を口にするのは、正直言えば天地がひっくり返りそうなほど勇気がいった。

いきなり深いところに切り込んできた理人の質問に、皿を拭いていた及川の手がピタリと止まる。

「あー…そうだな。言った言った。でももうそんな十一年も前の古びた過去の記憶なんか、とっとと忘れちまえって言っただろ」

だが及川は軽い口調でそう続けると、再び軽快に手を動かし始めた。

「忘れたりなんて、できません」

ここで踏み込まなかったら、きっと及川はこのまま冗談めかして引いてしまう。

それが分かっていたから、理人はすっと息を吸い込むと再び口を開いた。

「俺は結構しつこいたちなので、そんな大切なことを言われて簡単に忘れたりなんてできないんです。あなたに言われたことを十年以上も気にして、引きずってたぐらいですから」

「あー……。だからそれについても、本当に俺が悪かったって」

「別に、謝って欲しいなんて思ってません。……ただ俺の気持ちも、及川さんにはとっくにバレてたんですよね？　なのにどうしてなにも言わずに黙ってたんですか？」

あの頃、理人が及川に恋い焦がれていたことなんて、きっと滑稽なくらい丸分かりだったに違いない。

けれど及川はなにも言わなかった。なにも言わず、ただ理人の隣で眠ったり、勉強したりしていた。

そうして行き違いから気まずさを覚えたあとは、なにも言わず静かに理人から離れていった。

……たぶん、両思いだと知りながら。

答えが欲しくてじっと及川を見つめていると、やがて黒く切れ長の瞳が、くしゃりと困ったように細められた。

「だってなぁ。……お前って、なんかすげー綺麗《きれい》なんだもん」

「な、なに言ってるんですか」

突然、真顔でなにを言い出すのか。

これもまた、いつもの及川流のたちの悪い冗談だろうかと思いながらも、耳までざっと赤くなるのが自分でも分かった。

「いや、本気で。……いつもものすっごくキラキラした目でこっち見て。俺のこと見つけるたび、遠くから嬉しそうに駆け寄ってきてさ。あー…なんかこいつ綺麗だなぁ。可愛いなぁって思うたび、汚い手で触っちゃいけないような気がしてたよ」

冗談めかして呟く及川の言葉の中に、ほんの少し織り混ぜられた本音を感じて、一瞬、胸を素手でわし掴みされたかと思うほどぎゅっと苦しくなった。

「俺なんか、必死で優等生っぽく外面だけ繕っってても、身体の内側は腐ってると信じてたからなー。血液の代わりに虫みたいなものがうじゃうじゃ流れてて、そのうち皮膚を食い破って出てくるんじゃないかって、本気でそう思ってた。……そういうのを誤魔化したくて、見てくれだけに騙《だま》されて近寄ってくる女の子と片っ端からつきあってみたり。ほんと自分でもサイテーだったなーって思うわ」

その気持ちなら……なんとなくだが、理人にも分かる気がした。

自分もずっと、同じようなものだったから。

自分が人とは違うことに劣等感を抱いていた頃、すれ違う人みんなが自分を見て、あざ笑っているのではないかと思ったら、顔を上げることすら怖かったこともある。

あのどうしようもない居たたまれなさを、及川もずっと味わっていたのだろうか。

「だからさ、お前の横で昼寝させてもらったり、この家でご飯食わせてもらえたりする時間に、ものすごい救われてたよ。お前が、キラッキラした目で俺のことを見るたび、自分なんかでも、特別ないいものにでもなったようなそんな気がしてた。……そんなの錯覚だって分かってたけどな」

そんなことはない。本当に、理人にとって及川は、唯一特別な存在だった。

そこにいて、話し掛けてくれるだけで、毎日がキラキラと輝いて見えた。

「俺なんかの手で触れたら、汚しちまうんじゃないかって、ずっと、そう思ってたよ」

「及川さん…」

好きすぎて、自分からは触れることもできない。

そんな風に、誰かを好きになる気持ちなら理人も知っている。

「……今でも、そう思ってる」

苦笑交じりの告白に、あ…と思った。

あの頃にもときどき見かけた、少しだけ眉を下げた苦い笑い方。なにもかもを諦めたみたいな、欲しくて手に入らないものを無理して見送るときのような、そんな笑い方だった。

そうやって諦めてきたのか。今までずっと。

「俺は……別に、綺麗なんかじゃありません」

及川は以前よりもずっと明るい場所で、人懐こく笑うようにはなったけれど、きっと胸の内側の誰にも触れられない部分には、今も小さなかさぶたを抱えているのだ。

理人がずっと、そうだったように。

「たしかにあなたのことは、憧れの眼差しで見てましたけど。すぐにそれだけじゃ足りなくなって、色々と……まずいことを考えたりもしました。その手で触れられたら、どんな感じだろうとか。肌に触れたら、どんな風に感じるんだろうとか。……及川さんの隣に立つ彼女たちに、みっともなく嫉妬《しっと》したことも数え切れないくらいある」

理人だって、一人の男だ。

あの頃、及川のことを考えながら一人でこっそり自分を慰めたこともある。あの手にここを触れられて、髪をかき混ぜられたらどんな感じがするだろうかと。

なのにまるで理人が性欲もなにも持たないような、触れることもできない存在だと決めつけてしまうのは、もうやめにして欲しかった。

「俺は……及川さんのことが好きです」

生まれて初めて、口にする言葉。

それが痛いくらいに、喉元をキリキリと絞り上げていく。

「忘れたいと思いながらもずっと好きなままでしたし、再会してからは……今の及川さんにも、ますます惹かれていました。……そんな虚しいことには気が付きたくなくて、わざと気が付かないフリをしてましたけど」

「理人…」

まさか理人から突然の告白を受けるとも思っていなかったのか、素に戻った及川が、ぽろりと理人の名を呼んだ。

その声が、どんな効果を理人にもたらすのかも知らないまま。

「……名前で呼ぶなと言ったのも、そうされるだけでぞくぞくするからです」

あの頃のことを思いだして、嫌でも惹きつけられてしまう心が怖かったから。

「及川さんは、『お前を好きだった』って言ってくれましたけど。それってもう、完全に過去形ですか？　今の俺では……ダメですか。そりゃもう昔みたいに、可愛くも小さくもないですけど…」

震えそうな唇を開いて、自分から気持ちを晒《さら》していく。

手探りでもいい。及川の心にそっと触れるように。

「そういうこと言うなって…」

理人の告白に、及川は身体のどこか深い部分に痛みが走ったような顔をして目を細め、その手で顔を覆った。

「どうしてですか？」

「……そんなこと言われたら、欲しくて、欲しくて、仕方がなくなるだろうが」

及川の方こそ、そんな困ったような顔のまま、無理矢理笑わないで欲しい。

「なら、欲しがってください」

「…汚したくなるだろ」

「汚してくれていいです」

諦めないで欲しい。自分も――もう諦めたくない。

俯《うつむ》いたまま顔を覆っている男へ、理人は初めて自分から、ゆっくりと手を伸ばした。

絶対に触れることなどできないと思っていた男の腕に、自分からそっと触れると、目の前の肩がぴくりと跳ねるのが見えた。

及川の手の中から、するりと布巾が足元へと滑り落ちていく。次の瞬間、理人は目の前の腕の中に捕らわれていた。

息もできないくらい、ぎゅっときつく抱き寄せられる。その腕が、小刻みに震えているのを強く感じた。

……ああ。嬉しくてたまらないって、こんな気持ちか。

あの頃、夢にまで見ていた人の腕の中で、理人は幸福な目眩《めまい》を覚えて、その背中を自分からもきつく抱き寄せた。

自分から誘いかけたとはいえ、人と接触することすらおっかなびっくりだった理人にとって、こうした経験値はほぼ皆無に等しい。

だが及川のほうは、そんな理人にためらいを与える隙もなく、あっという間にその心と身体を虜《とりこ》にしていった。

「……ん…」

人間の舌がこんなにも熱くて、器用に動くものだなんて知らなかった。

舌先で軽くつつかれて、誘われるまま唇を開いた途端、入り込んできた舌の巧みな動きに翻《ほん》弄《ろう》される。強く吸われて、それだけで呼吸を乱してしまう。

その隙に気が付けばシャツのボタンを外され、理人はゆでた卵の殻を剝くみたいに、つるりと服を脱ぎ落とされてしまった。

悔しくなるのであまり深くは考えたくはないが、さすがに手慣れていると思う。

「及川…さ……」

「理人。…理人…」

熱い肌。貪るような口づけ。下ろされていく指先。

顔中にキスを降らされ、喉元から耳たぶまで降りていた唇が、また戻ってきてキスを仕掛けてくる。

そのスピードについて行けずに、少しだけ待って欲しいと肩を叩くと、それまで夢中でキスを貪っていた及川が、はっとしたように顔を離した。

「あ…」

「ちょ…と……、ちょっとだけ、待ってください」

はぁはぁと繋《つな》ぐ息の間に、自分だけ服を脱がされているのがなんだか切ない。

……俺だって、触れたいのに。

見れば及川は、シャツ一枚すらも脱いでいない。理人のほうは上半身すでに裸で、下着までずらされてしまっているのに。

それが恥ずかしくてたまらなかった。

濡れた視線でじっと見上げれば、及川はひどく気まずそうに視線をそらせた。

「悪い……。焦ってた…」

言いながら身を起こした男の横顔にはっとして、理人は慌てて彼の腕を掴んだ。

もしかして、嫌で抵抗したとでも思われたのだろうか。

――――そうじゃないのに。

「そ…んな風に、謝られたりしたら…っ、俺の、立場がないでしょうっ」

ものすごい罪悪感にとらわれた顔をしている及川を見てしまったら、理人はわけもなく胸の奥がかっと熱くなるのを感じた。

「俺は…すごい幸せだったのに。あなたに、触ってもらえて。……あの頃、あなたの周りにはりついていた女の人たちみたいに、なにかしてもらうには、ど、どうしたらいいかって…。スカートをはいて、化粧して…、服さえ脱がなければバレないかもしれないなんて、そんなバカみたいなことまで真剣に考えたこともある…っ」

「理人…」

「俺だって、俺だってされたいって……ずっと、そう…」

呟いた途端、離れかけていたはずの及川が、再び理人の身体に触れてきた。

すでに熱を持ち始めていた下着の上から、そこをきゅっと包み込まれる。

「こうされたい？」

その指先は理人の形をなぞると、ゆっくり下着の中にまで忍び込んできた。

「高校生だった頃……こんな風に、俺にされたかった？」

それは理人が想像していたよりも、ずっとエロ過ぎる行為だったが、ここで違うと言ったら及川がまたやめてしまう気がして、理人はあえて震えながらも小さく頷いた。

「だ、から……及川さんも、脱いでください」

「え…」

「俺だけなんて、嫌です。……お、俺だって、あなたに触りたい」

羞恥を堪えながらもぼそぼそと呟くと、及川はなぜか困ったような、嬉しがるのを堪えるような顔で口元を歪めたあと、着ていたシャツを素早く脱ぎ落とした。

ついでにズボンへも手をかけ、下着ごと足から引き抜く。

こっそり夢に見ていた広い胸板や、すでにはっきりと変化を示した逞《たくま》しい下半身。それらを実際に目にした途端、頭の中に血が上り、酸欠みたいに真っ白になった。

及川はまるで理人と離れてしまうのを恐れるみたいに、またすぐ重なってくると、理人のズボンと下着もいっきに引き下ろした。

他人の素肌と素肌が擦れる初めての感触に、全身がぞくぞくと昂《たか》ぶっていく。

全身を猫のように擦り合わせるたび、熱く滾《たぎ》った及川の欲望が理人の太股《ふともも》に触れて、それがひどく恥ずかしくて、たまらなく嬉しかった。

及川が……自分の身体に欲情してくれている。それが嬉しい。

再び、熱い唇が重なってくる。

長いキスの間に、ずっとあの手に触れられたらどんなだろうかと考えていた大きな手のひらが、ゆっくりと臍《へそ》を辿り、太股の内側を撫で下ろしていく。

それだけであっという間に全身が震え出すほどに熱くなり、理人は呼吸を乱した。

心臓の真上にキスを落とされ、胸に切なさが溢《あふ》れる。

「あ……っ、……っ」

及川の唇も指先も、その動きは巧みで優しかった。

理人をおびえさせないようにゆっくりと撫でながら、全身に触れてきて、その情熱を注ぎ込んでいく。

「……っ」

熱く育った下半身へ、直に触れられた瞬間、雷に打たれたような甘い電流が全身を貫いた。

「……すごく熱くなってるな」

嬉しそうに囁きながら、及川の手の中に包まれる。

はっきりと変化を示したそんなところを、及川の手で握られているのだと思ったら、あまりの恥ずかしさに、理人は一瞬、パニックに陥りそうになった。

もしもまた……汚いと言われたら。

そんな不安から思わず叫びだしてしまいそうだったが、上にいる男はきっと一瞬でも理人が嫌がったら、そこで退いてしまうとそうわかっていた。

嫌だとは、言いたくない。

好きな相手から、『嫌だ』と言われたら。それだけで動けなくなることを、自分もよく知っている。だから理人は声を上げる代わりに、及川のその背に腕を回して抱きついた。きゅっと、何度も強く。

ゆっくりと及川の手のひらが上下に動き始め、愛《いと》おしげに揉みしだかれる。ときおり理人の快感を煽《あお》るみたいな仕草で、及川の親指が濡れた先端を優しくあやした。

そうしている間も、キスは理人のこめかみや、唇、耳たぶに何度も落とされる。

それが切ないくらい気持ちよくて、理人はキスの合間に『はぁ…』と熱い吐息を零した。

目の前に、欲情に満ちた黒い瞳がある。

いつもとは違う、少し切羽詰まったような色をしたその瞳に、理人もまたたまらなく欲情していた。

「……俺、も…」

自分だけがされるんじゃない。同じように、及川へもこの快感と喜びを返したい。

そう思ったら、及川に触れたくてたまらなくなっていた。

震える指先で、及川の硬い太股の間に手を滑らせると、育ちきっていたその欲望に恐る恐る手を添える。

初めて触れた及川のそこは、『えっ』と驚くぐらい熱くて大きかった。

手の中に収まりきらないそれを、及川と同じように握りしめ、愛しげにそっと撫で上げる。

そうすると及川が、耳元で熱く掠《かす》れた吐息を零した。

「…ふ…っ」

その少し詰めたような色っぽい声に、全身がまた熱くなる。

「……理人」

そんな声で、名前を呼ぶのはずるい。

先ほどから及川の声で名を呼ばれるたび、びりびりとした電流のようなものが身体中を駆け巡り、止まらなくなっているのだ。

及川に名を呼ばれるとそれだけでダメになると教えてしまったせいか、及川はわざとそれを確かめるみたいに、繰り返し理人の名を呼んだ。

「理人、理人…」

「あぁ…っ」

鎖骨や脇腹。肋骨《ろっこつ》の一本一本まで。あちこちにキスを受けながら、次第に追い上げる手の動きを速められ、全身がぷるぷると震え出す。

特に胸の尖《とが》った先っぽは、舌と指を使って念入りに弄《いじ》り回された。

「あ…、あぁ…っ」

理人の手の中にある及川も、限界まで熱くなっている。

それに励まされて、理人も手の動きを速めていく。

「ん……、…あ…っ、あぁ！」

「……っ」

互いの息が限界まで熱くなった瞬間、理人の白い腹の上に、二人分の熱い雫がパタパタと熱く飛び散るのを感じた。

全力疾走を終えたあとみたいに、はぁはぁと荒い息を繰り返しながら、うっすらと目を開く。するとぼやけた視界の向こう側から自分をじっと見下ろしてくる及川の瞳が見えた。

その目はこれまで見たことがないほど、獰猛《どうもう》で、熱い色をしていた。

腹の上に飛び散った、自分と他人の入り混じった熱い飛沫《しぶき》。

それを及川の指先で腹に塗り広げられ、またぞくぞくとした震えが全身に広がっていく。

――好きな男の欲望で、汚される。

それがこんな酩酊《めいてい》するような喜びを生むことを、理人は生まれて初めて知った気がした。

あんなにも人に触れたり、触れられたりすることが恐ろしかったのに、及川にはどこに触れられても心地よくて、たまらなくなっている。

理人がそのままくたりと脱力していると、すっと長い指先が背中を降りてきて、その奥の陰りにまでそっと触れてきた。

入り口を指先で辿られた一瞬、『そこは汚いから』と手を振り払いたくなる衝動を、ぐっと飲み込む。

「……こっちは嫌か？」

身を竦めた理人の動きを、敏感に感じ取ったのだろう。

またここで止められたら嫌だと慌てて理人は腕を伸ばすと、上にいる及川の首に手をかけた。

「ち、違くて…」

「理人？」

「……す、みません」

何度も舌先で自分の唇を舐めながら、理人は心情を吐露した。

「お、及川さんと、違って……こ、ういうことに、…慣れてなくて……」

二十八にもなって恥ずかしい話だが、今更隠しても仕方ない。

もしかして、思い切り興ざめさせてしまっただろうか。

そう思うと怖くて顔を上げられず、俯いたまま告白すると、及川は目尻に皺を寄せて困ったようにこめかみへキスしてきた。

「いやいや。俺だって好きな子とするのは初めてですよ？」

緊張をほぐすつもりなのか、わざと茶化したような声で言われて、小さく笑ってしまう。

……好きな子と言われて、胸がジンと痺れた。

「…マジで、緊張してるよ」

囁きと同時に、もう一度こめかみに口づけられたとき、理人はふっと全身から自然と力が抜けるのを感じた。

そうだ。及川が相手ならば、なにをされても構わない。

みっともなくても構わないと、手を伸ばしたのは理人の方からだ。あの頃、手が届かなかった指先に、触れてもらえるだけで死にたくなるほど嬉しくてたまらないのだから。

「……好きです」

理人が小さく呟くと、及川は泣き出しそうに笑って、もう一度理人に口づけてきた。その巧みなキスに夢中になって応えているうちに、入り口を辿っていた指先が、ゆっくりと理人の中を辿り始めたのに気付いたが、理人は全てを任せて逆らわなかった。

ペンをくるくると回していたあの綺麗な指先が、自分のそこをどのように弄り、可愛がっているかを考えるだけで頭の中がショートしそうだったが、それも口づけの合間にどろりと蕩《とろ》けて、どうでもよくなっていく。

長いキスの間、さんざん焦らされ、すっかり身体の中と外から煽られ続けた理人は、気が付けばはぁはぁと息を零しながら、自ら大きく足を開くようにして及川の身体を迎え入れていた。

「………っ」

器用な指先がくちゅりと音を立てて出ていくのと同時に、熱くて堅いものがぐっと入り込んでくる。どっと汗が噴き出す。

好きな男に身体をじわじわ押し開かれていく感覚は、痛いというよりも、ただ熱かった。及川がうまいせいなのか、それとも好きな男としているという高揚感からなのか。及川と繋がっていると思うと、熱くてたまらない気持ちになる。

理人の衝撃を慮《おもんぱか》ってか、及川は身体を繋げたあとは、しばらく動かずに理人を抱きしめたまま、じっとしていてくれた。

やがて及川が理人の足を抱え上げたのを感じて、なにをするのかと理人はうっすらと目を開いた。

「……っ」

足先に触れてくる熱い舌の感覚に、かあっと全身の血が滾る。

及川と繋がっているところが、きゅんときつく絞られるのが、自分でもよく分かった。

同時に再び熱く立ち上がっていた前から、熱い雫が滴り落ちるのを感じて、理人は淫《みだ》らな自分の反応に激しく狼狽《うろた》えてしまう。

爪先からゆっくりと舐め上げられ、くるぶしまでその舌が熱い軌跡を辿っていく。

「……あ、……ん……っ」

ジン…と痺れるようなすさまじい快感が、身体の中から湧き上がってくる。

爪先にぎゅっと力を籠《こ》めると、理人を見下ろす及川の目に、強い光が宿るのを感じた。

それを合図に、ゆっくりと中にいた及川が動き出す。

「あ…ど、どうし…て?」

おかしかった。自分の身体のことなのに、まるで自分のものじゃないみたいだ。

及川が身体を揺するたび、彼と繋がっているところが甘く痺れて、そこから今にも溶け出していきそうになっている。

こんなのは、まったく予想していなかった。

痛いんじゃなくて、ただ痺れて甘いなんて。

「……痛いのか?」

「ち、違くて…。あ、あ…やだ、及川さ……待っ、待って、待ってくださ…」

「……なに?」

聞き返しながらも、及川は理人の中を探る動きを止めようとしない。

それどころか浅いところや深いところを優しくゆっくり擦り上げながら、もっといいところを探ろうとしてくる。まるで理人の内側から、愛撫《あいぶ》するように。

「おか…し。なんか、あ…なんかくる…、あ、やだ」

「うん?　……なにがくるって?」

わからない。説明なんか、できない。

なのに及川にそうして中を擦り上げられるたび、感じたことのないような深い快感が身体の奥から溢れ出てきて、震えが止まらなくなっている。

理人が思わず太股でその逞しい腰をぎゅっと挟み込むと、及川がひどくうわずったような声で、『痛いのか？』ともう一度聞いてきた。

「ちが……っ」

「理人。ちゃんと教えてくれないと、分からない…」

「ああ…っ、あ……っ」

耳元で甘く名前を呼ばれた瞬間、どろりと甘く意識が蕩けた。身を捩って今すぐ逃げたくなるほどの快感に冒されて、理人は目の前にどっと熱い涙の膜が浮かぶのを感じた。

嫌だ。もうそこばかり、擦らないで欲しい。

「中、中の、……そこ…っ…」

「ん？　ここ？」

「……っ」

昂ぶりきっている及川の性器で、ここかと確かめるように突かれて、声にならない甘い悲鳴を上げる。

抱き合う前とはまったく異なる種類の怖さを覚えて、理人は目の前の男へ必死に縋《すが》り付いた。

「なに？　中がジンジンして……切ない感じ？」

及川の言葉に涙ぐみながらも、うん、うんと、繰り返し首を振る。

言葉にしないと、きっと伝わらない。

泣いて痛がっているなどと思われてしまうのが怖くて、及川に請われるまま理人はそこがどうなっているのか、どんな風に感じるのかを口にした。

「…や…っ、そこ…嫌……」

「もう……これは嫌か?」

ほんの少し及川に腰を回されるだけで、全身が性感帯になってしまったみたいにビリビリとして仕方がない。そのたびきつく中を締め付けてしまい、自分のその動きで理人は及川をまた強く意識した。

「ち…ちが…。それ……、大き…、…堅い…から…っ」

そのせいで、ものすごく強く及川を感じてしまう。

うまく言葉では説明できなくて、たどたどしく感じたまま単語を並べると、なぜか中にいる及川が、グンと一段と熱く、堅くなった気がした。

そのまま、がむしゃらに口づけられ、腰の動きを速められる。

……どうして。ちゃんと言葉で伝えたのに。

「……っ、……! あ、……は、……っっ!」

ついでのように前ももみくちゃに擦られ、理人は声もなく身悶《みもだ》えた。

及川の全身も燃えるように熱く、身体中が汗で濡れているのを感じる。

「……っ」

限界を超えた理人が、たまらずにその身を震わせて達すると、及川もすぐその後を追うようにして、理人の中でその身をぶるりと震わせた。

ぶわっと熱い熱が腰の奥で広がって、身体の内部まで、及川に染められていくのを感じる。

「好きだ。…理人。すごく、好きだ…」

その幸福感に目を閉じた瞬間、耳元で繰り返された囁きに、理人はもう一度ふるりと身を震わせた。

次の日、理人はいつもの時間に起き上がれなかった。

精神的にはものすごく満たされていたが、なにぶん昨夜の過ぎた行為と快感のせいで、いまだに腰は重いし、指の先までなにか甘い痺れのようなものが詰まっている気がする。

気だるげに、ベッドでうつぶせのままぼんやりとしていると、やがてクロの散歩を終えて戻ってきたらしい及川が、理人を見下ろしてぽつりと呟いた。

「起きれそうにないか?」

「……いえ、もう起きます。……寝穢《いぎたな》くてすみません」

「いや、それは別にいいんだけどな」

ぽりぽりと指先で頬を掻いていた及川は、ベッドに突っ伏している理人を見下ろしながら、目を細めた。

「いつまでもそんな姿を見せられ続けてると、今すぐまたそこに跪《ひざまず》いちゃいそうになるだけで」

「…は?」

それはどういう意味なんだろうか。

そういえば昨夜は及川に、爪先どころか口に出すのはばかられるようなところまで、あちこち舐められ、味わいつくされてしまった。その上、なんだかとんでもないことまで色々と言わされてしまった気がする……。

なのにいまだに物足りないような視線で、じっと物欲しげに見つめられていることに気付いて、理人は耳たぶがカッと熱くなるのを感じた。

「お…及川さんは、少しエロ過ぎるんじゃないかと思いますけど」

文句を言うつもりはなかったが、昨夜のあれこれを思い出すと、初心者にはかなりハードルが高かった気がしなくもない。

照れ隠しに思わずぼやくと、及川はひどく真面目な顔をして大きく頷いた。

「そうなんだよな。俺、お前に関しては変態になれる自信があるかも…」

「……そんなこと、いちいち開き直らなくてもいいです」

呆れた視線で見上げると、及川は『そうか？』と笑ってその口元から小さな八重歯を覗かせた。

その笑顔があまりにも楽しそうだったので、つい理人もつられて口元を緩めてしまう。

それからは二人で朝からシャワーを浴びて、クロにエサをやってから、朝食も一緒に作った。白いご飯に納豆。菜の花のお浸しに、ニラと卵の味噌汁。それからタラの一夜干しを焼いたもの。時間がなくて簡単なものばかりになってしまったが、及川はそれをとても喜び、初めて一緒に並んで朝食も食べた。

「そういやさ、この前言ってたラブホの件はどうしたんだ？」

「ああ、谷原先輩には丁重にお断りの電話を入れておきました」

そういえば、増田や浅井にはことの顚末《てんまつ》を知らせておいたけれど、及川にはその話をしていなかったなと思い出しながら説明すると、及川は『ふーん』と目を細めた。

「……その谷原って男とは、大学時代、かなり仲が良かったのか？」

「は？　なんでですか？」

「いや、わざわざ卒業してまで、理人を頼ってくるぐらいだし」

「別に他意はありませんよ。保健所の業務に関して相談されたから答えただけです。今回はたまたまうちの管轄内に、谷原先輩の会社がホテルを建設予定だったから、あちらも声をかけてきただけで…」

「ほら、それだよ」

「なにがですか」

及川の言いたいことがよく分からずに、理人は箸を止めた。

「……俺のことはもう、先輩なんて呼びもしないクセに」

「はい？」

なにをぶすっと拗《す》ねているかと思えば、そんなことかと思って唖然とする。

「それにお前さ、よく浅井さんとは一緒に昼メシ食ってるよな」

「別に、たまたまですけどね」

「昨日は、増田係長とも食ってただろ」

「ああ。見てたんですか」

ご飯と一緒に出した大根の浅漬けをパリパリと食べながら、そんなことを口にする及川を眺めて、理人は首を傾げた。

いったいいつ見られていたんだろう？

「いやいや。あのいなり寿司は、きっと昨夜のカレーよりも手が込んでるんだろうななんて、別にそんなこと思っちゃいませんよ？」

なんだかさっきから及川の言葉に、妙な引っかかりを覚えてしまう。

とても分かりにくい形ではあるが……もしかしてこれは、妬《や》いているのだろうか。

いやいや、さすがにそれはないだろうとは思ったが、どうにもぶすっとしたまま焼き魚をつつくその横顔を見ているうちに、理人は『あれ？　まさか本当に？』と、ふっとこれまでのことを思い返した。

途端に脇腹がくすぐったくなるような、甘ったるい痺れが全身に広がっていく。

「愛情を込めてあるのは、カレーのほうですけどね」

味噌汁をすすりながらしれっと理人が言い返すと、及川は珍しくも耳を少しだけ赤くして、『あ…、そうでしたか』と言葉を詰まらせた。

「そうですよ。映先輩」

続けて、『ご馳走様でした』と席を立つ。

空いた茶碗を片付けながら背後を振り返れば、及川がひどく嬉しそうな、照れたような顔をして、ちらりと八重歯を覗かせたのが見えた。

離れるなんてできないけれど

ひまわり保健センターの二階にある事務所の席で、今月の経費をチェックしていた理人《りひと》の肩に、ぽんと温かなものが触れた。

「一ノ瀬《いちのせ》」

低く、耳に心地よい声に名を呼ばれた瞬間、全身の皮膚がざわりと粟立《あわだ》つ。

そのままぺたりと抱きつくようにして貼り付いてきた男の気配に、理人は慌てて背後を振り返った。

男は理人と目が合うと、切れ長の瞳を糸のように細めてにこっと笑ってみせた。魅力的なその微笑《ほほえ》みを間近で目にした瞬間、心臓がどきりと大きく脈打つ。

「お、ちょうどよかった。計算中だったか」

「及川《おいかわ》さん…」

できれば外で不用意に密着するのは、やめて欲しいのだが。

こんな風に及川からふいに距離を詰められると、いまだに慣れない理人はあたふたとしてしまう。

だがそんな理人の焦りを気にもせず、及川はさらに上から覆い被さるようにして、手元にある書類を覗《のぞ》き込んできた。

肩に置かれたままの手のひらから、ワイシャツごしに温かな体温がじわりと染みこんでくる。それに心臓がバクバクと不規則な音を立て始めるのを感じて、理人はぐいと背後の及川を押しやった。

「ちょっと。……もう少し離れてくれませんか」

「ん？　なんで？」

なんでじゃない。自分は職場で好きな人から密着されて、それで平気な顔をしていられるほど図太い神経は持ち合わせていないのだ。

「……タバコ臭いです」

「あっれー？　そんな臭うか？」

白衣の袖をくんくんと鼻先で嗅《か》ぎながら首を傾《かし》げる及川は、きっと今まで喫煙ルームにでも籠《こ》もっていたに違いない。及川はよく一階の地域広場や、喫煙ルームでフラフラしていることが多いのだ。

初めはサボっているようにしか見えなかったその行動も、それがセンターに来ている区民から、病気や介護、子育てについての相談に気軽にのるためのスタイルだと気付いてからは、理人もなるべく目を瞑《つむ》るようにしてはいるのだが。

「だいたい、生活習慣病予防を推進するはずのセンター長が愛煙家だなんて、それで本当に健康指導ができるんですか？」

「あはは。痛いとこつくなぁ。でも医療従事者の喫煙率ってかなり高いんだぞ。医者とか看護師は特にな。あれはきっと、病院勤務のストレスが溜まってんだろうなー」

「うちは保健所であって、病院じゃありませんが」

ツッコミ返すと、及川はニヤニヤと楽しげに目を細めた。

こんな風にいちいち生真面目に反応を返せば、及川を楽しませるだけと分かっていながら、ついつられてしまう自分を理人も懲りないなと思う。

小さく咳払《せきばら》いすると、理人は改めて及川に向き直った。

「それで、用件はなんです？」

「あ、そうそう。悪いんだけど、これも一緒にお願いできないかなーと思って」

言いながら手渡されたのは、書類の入ったクリアファイルだ。

それにざっと目を通した途端、ぴくりと理人の眉が跳ねた。

「……これ、なんですか」

「え？　交通費？」

「それは見れば分かります。問題はこの日付です。移動で交通費が発生した場合、できれば当日、もしくはその週のうちに提出をお願いしているはずですよね？」

書類には先週どころか、先月分の日付が書き込まれている。

まさか記載ミスではないだろうなと思って聞き返すと、及川は『うん』とあっさり頷《うなず》いた。

「悪い。出すの忘れてた」

――そういうことを、あっけらかんと言わないで欲しい。

「今やってるのは今月分の計算で、先月分の経費については、もうとっくに集計を終えてるんですが…」

「だから悪いなーと思って。ほら、ここのとこ研修の準備や講演会やらで、あちこち移動が多かっただろ。いくつか項目が抜けてたからあとで調べて書き足そうと思ってたら、ついうっかり提出しそびれちゃったみたいでなー」

あははと笑いながら『すまんすまん』と謝る及川は、まったく悪びれた様子がない。

……まったく。センターで一番の手本となるべきはずの所長が、『ついうっかり』じゃないだろうに。

書類仕事をため込むからこういうことになるのだ。いつもあちこちふらついて席にいない及川の机の上は、いつも決裁や承認待ちの書類が山と積まれている。

そうした書類関係は、終業後に残って一気に片付けているようだったが、そのせいで今回の書類も紛れこんでしまったのだろう。

「……分かりました。これはこちらでなんとかしておきます」

仕方なく溜め息を吐きつつ受け取ると、及川は『サンキュ』と笑って礼を言った。

その途端、普段は隠れている小さな八重歯がちらりと覗き、それにまた理人はドキリと胸を高鳴らせる。

……まったく。この男は自分の笑顔の魅力というものを熟知していて、わざとやってるんじゃないだろうか。

単純な自分は、その笑顔一つであっさりとコントロールされてしまうのだから。

「じゃあ、今日はこのあと本庁の会議に呼ばれてるから、俺はそっちから直帰するわ。あ、それからその書類は、二枚目のほうが重要だから。よろしくな」

言いながら、及川は軽やかに手を上げた。

——二枚目って、なんの話だ。

まさか他にも提出しそびれていたものがあるんじゃないだろうな……と、恐る恐る一枚目の書類を捲《めく》ると、なにも書かれていない真っ白な用紙が現れた。見ればそこには『今夜ＰＭ７：30。気分は魚』と書かれた黄色い付箋《ふせん》が一枚、ぺらりとついている。

暗号のようなそれに眉を寄せつつ理人が再び顔を上げたときには、すでに及川の姿はセンターから見えなくなっていた。

「お、うまそーなつぼ鯛。しかも刺身までついてて、超ラッキー」

テーブルの上に並べられた料理を目にして、及川はぱぁっと顔を輝かせた。

どうやら本庁での会議を終えたあと、及川は帰宅せずにそのまま理人の家へと来たらしい。鞄《かばん》をおいた途端、すぐにでもテーブルにつこうとするのを見て、理人は慌ててぴっと洗面所の方を指さした。

「まずは手を綺麗《きれい》に洗ってきてください。うがいもです」

「はいはい。リクエスト聞いてくれて、サンキューな」

大人しく従わないと食べさせてもらえないとでも思ったのか、いそいそと洗面所へと向かう及川の後ろ姿を目にして、理人の口元からふっと笑みが零《こぼ》れ落ちる。

あんなに喜んでもらえるのならやはりいつものスーパーではなく、商店街の魚屋まで足を伸ばしてよかったなと思う。

おかげで今夜はなかなかいい魚が手に入った。つぼ鯛の一夜干しを軽く炙《あぶ》ったものと、脂ののったマグロの切り落としは、山芋のとろろと根昆布をあえた山かけに。オマケでつけてもらった小鯵《こあじ》は、軽く酢で締めて、細切りにした生姜と醤油につけてある。

あとは新ジャガを皮ごと炒めて煮た甘辛煮と、わかめの炊き込みご飯。味噌汁は及川の好きなカボチャとニンジンにし、焼いた厚揚げには大根おろしとアサツキを散らしてみた。

簡単な家庭料理ばかりだが、そうしたものを及川はいつもひどく喜ぶ。

慌てて手を洗って戻ってきた及川は、冷蔵庫から缶ビールを一本取り出すと、待ちかねたように『いただきます』と手を合わせた。

「あー。あまじょっぱいジャガイモって、なんでこうも美味しいんだろうなー。腹に染みるっつーか。つぼ鯛も山かけもうまくて箸が進むし、わかめご飯も味噌汁ももちろん美味しいし、もうなんつーか……メチャクチャ幸せだわ」

ビールを片手にそうしみじみと感想を漏らす及川は、本当に嬉《うれ》しそうである。

……なんとも安上がりな幸せだなとは思うが、こうまで喜んでもらえるのならば作りがいもあるというものだ。

及川がクロの散歩ついでに、一緒にこの家で夕食をとるようになってから、一か月以上経つ。つまり理人と恋人としてつきあい始めてから、もう一か月ということだ。

及川と過ごすようになってから、それまで単調だった理人の生活は色々と変化した。

まず、冷蔵庫にビールの居場所ができた。好きな銘柄を勝手に買いこんで持ちこんでくるのは及川だが、それを途切れないよう冷やしてやっているのは理人だ。

及川は夕食時にそのビールを一本だけ楽しみつつ、理人の料理に舌鼓を打っては、ひどく嬉しそうな顔で笑っている。

その光景を目にするたび、理人は遠い記憶にある高校時代を思い出して、なんだか胸の奥がきゅううと絞られるような、甘酸っぱい心地になる。

あの頃は、むくわれない片想いにいつも必死だった。

バレたくないと思いつつも少しでも及川の傍にいたくて、下手くそな料理を作ってみたり、一緒に勉強をしながら彼の横顔をちらちらと盗み見たり……。

それを思えば、こうして一緒にいられる今が、まるで嘘みたいだ。

「なぁ、今日渡した交通費ってどうなった？」

「ああ。あの書類ならもう一度、先月の経費につけ直しておきました」

「ん、サンキュ」

たわいない話をしている間も、及川は休む間もなく口の中へと料理を収めていく。その豪快な食べっぷりは見ていて気持ちがいいほどだ。

「そういえば……あのファイルについてた付箋ですけど。あれは一体なんですか？」

及川が理人の家へ寄るのはいつものことだ。

おかずのリクエストにしても、直接口で伝えたほうが早いだろうにと思って尋ねると、及川はニヤリと笑って悪戯《いたずら》っぽく目を細めた。

「え？　オフィスラブごっこ？」

「……そんな遊びは、しなくていいです。っていうか、リクエストがあるならその場で言えばいい話でしょうに」

思わず呆《あき》れた視線で見つめると、及川は分かってないなーというように、ちっちっと指を横に振った。

「わざわざ職場でヒミツっぽいやりとりするのが、楽しいんだろーが。せっかく恋人と同じ職場で働いてるんだから、ここは是非やっとかないとな」

何気なく及川が口にした言葉に、一瞬、どきりと胸が大きく脈打った。

――恋人。

……そうだ。彼は自分の恋人なのだ。

理人が及川の何番目の恋人になるのかは知らないが、理人にとって及川は、生まれて初めてできた、たった一人の恋人である。

そのため、そんな些細《ささい》な言葉一つにいちいち赤くなって動揺する自分が、なんだか気恥ずかしく、そして嬉しかった。

「ええと……ビール。もう一本とってきましょうか？」

その照れくささを誤魔化すように、理人が慌てて席を立とうとすると、及川が『いや、いいよ』と引き留めた。

「それよりさっさと片付けて、食後の散歩に一緒に行こう。会議で遅くなった分、すっかりクロさんを待たせちゃってるしなー」

言いながら及川は『ご馳走《ちそう》様でした』と軽く手を合わせると、空になった皿を流しへと運び始めた。

理人が料理を作り、及川が使った食器を片付ける。これもいつの間にか二人の中では決まり事のようになっている。

理人がテーブルを拭《ふ》いたり、余り物を冷蔵庫にしまったりしている間に、及川は流しを手際よく片付け、散歩用のリードを持って暗くなった庭へと降り立った。

「クロさん。そろそろ散歩に行くか？」

二人の姿に尻尾を大きく振りながら立ち上がったクロは、及川の手に散歩用のリードがあるのに気付くと、わふわふと声を上げた。

「よかったなー。今日はご主人様も一緒に散歩に行ってくれるってさ」

「だから……俺は、クロさんの主人なんかじゃありませんってば」

理人の言葉に、及川はニヤニヤと笑ってクロのリードを付け替えると、さっさと庭を出ていく。その背中に続いて、理人もゆっくりと歩き出した。

晴れ渡った夜空には、少し欠けた月がぽっかりと浮かんでいる。その月明かりに照らされて、二人と一匹の綺麗な影が足元から伸びていく。

及川とつきあいだしてからのもう一つの大きな変化は、これだった。

これまでクロの散歩は及川に任せきりだった理人だが、最近では理人もこうして夜の散歩を一緒に楽しむ機会が増えた。

クロは及川の足元で匂いを嗅いだり、かと思えば理人の方へ近寄ってきてはぶんぶんと尻尾を振ったりを繰り返している。どうやらみんなで一緒に散歩に行けるのが、楽しくてならないらしい。

そんなクロの姿を微笑ましく眺めているうちに、やがていつもの河原へと出た。

「クロさん、だいぶ足を引きずらなくなってきたみたいだな」

「そうですね。傷も綺麗になってきてるみたいで、よかったです」

クロは理人の家にきた当初から、足にケガをしていた。そのせいで、今も片足を少し引きずるように歩いている。

どうやらもとの家では、散歩もろくに連れて行ってもらえなかったらしい。そのためか座りだこができた皮膚の部分が膿《う》み、褥瘡《じょくそう》のようになっていた。

そこで及川の知り合いがやっているという動物病院を紹介してもらい、今も定期的に通っているのだが、その甲斐あってかだいぶ傷も目立たなくなってきたようだ。

「次の診察、いつだって？」

「たしか明後日の金曜です」

「金曜か。その日も多分、俺は会議で遅くなるわ」

「平気ですよ。岡崎《おかざき》先生のところなら、俺一人でも連れて行けますし」

「あー……」

クロは大人しいため、理人でも散歩がてら連れて行ける。そう説明すると、なぜか及川は目を細め、むっつりと唇を引き結んだ。

その顔が妙になにかを言いたげなのは、気のせいだろうか？

「なんですか？」

「いいやー。……そうだ。せっかくの夜デートだし、手でも繋《つな》ぐか？」

「はい？　……あの。ここ一応、公道ですけど」

しかも思い切り地元だ。顔見知りの区民にでも見られたらどうするのかと、ぎょっとする。

「こんなに暗けりゃ、どうせ誰も見てない見てない」

「……いいです。遠慮しておきます」

近づいてきた及川に理人が慌ててざっと距離を取ると、及川はニヤニヤと人の悪い笑みを浮かべてみせた。

――また、からかわれた気がする。

それでも、こんな風にじゃれあいながらゆっくりと散歩を楽しむのは、なんというかとてもささやかで贅沢《ぜいたく》な時間だと思う。

いつものコースを回って家に辿り着いたあと、はしゃぎ疲れたクロに水を飲ませてやっていた及川は、それからすぐにすっと立ち上がった。

「んじゃあ、俺もそろそろ帰るわ」

「え？」

まさか、もう帰ってしまうのか。

「今日のメシもすげーうまかった。ご馳走さん」

「あ、あのちょっと待ってくださ…」

その背中を慌てて追いかけようとした理人は、急に立ち止まった及川の背にドンとぶつかってしまった。

鼻をぶつけて立ち止まると、及川はくるりと向きを変え、理人の腕をさりげなく摑《つか》んできた。

「理人」

低く名を呼ばれた瞬間、ぴくりと肩が跳ねた。

及川の顔から、いつもの柔らかくて明るい表情が消え失せている。

まっすぐで熱い瞳と、視線がバチリと絡み合う。理人とつきあい始めた頃から、ときどき及川はこんな目を見せるようになった。

そのたび理人は心臓がバクバクとして、喉《のど》の奥が乾くような錯覚を覚えてしまう。まるで飢えた肉食獣の前に飛び出た、ウサギになった気分だ。

キスの気配を感じて、慌ててぎゅっと強く目を瞑る。次の瞬間、瞼《まぶた》の向こう側でふっと及川が笑う気配がした。

「……いたっ」

てっきり唇にキスされるのかと思ったら、いきなり鼻の頭にかぷりと歯を立てられた。

それに驚いて目を開けると、及川がいつものニヤニヤとした笑みを浮かべていた。

「な……」

なにするんですか、という言葉はすぐに遮られた。

及川はもう一度、笑いながら理人の鼻の頭を軽く噛《か》んだ後、理人の両手と自分の両手を繋ぎ直すと、ゆっくり指先まで絡めてきた。

そのまま、羽のようなキスを唇に落とされる。

優しいキス。なのに繋いだ指先の動きだけは、ひどく官能的だった。

まるで愛撫《あいぶ》のように、指と指の間を撫《な》でられながら、繰り返しキスを落とされる。

そうして角度を変えながら何度か唇を合わせたあと、及川はすっと顔を引いた。

「んじゃ、またな。おやすみ」

「……お、おやすみなさい」

手を振って出ていく背中を、ふわふわとした気分のままじっと見送る。

やがて及川の姿が見えなくなった頃、理人は熱い息を大きく吐きだすと同時に、真っ赤になった顔を手で覆い隠すようにして、ずるずるとその場にしゃがみ込んだ。

――また、引き留められなかった。

自分でも情けないほどに、メロメロだと思う。そんな理人とは対照的に、顔色一つ変えずに慣れた仕草でキスをして、あっさり離れていった及川を思うと、少しだけ憎らしくなってくる。

自分はまだ心臓もバクバクしたまま、耳まで熱くて仕方ないのに。

理人はいつも及川のキス一つで、軽く翻弄《ほんろう》されてしまう。仕方のないこととはいえ、この年までまともな恋愛の一つもしてこなかった自分と及川とでは、まるで経験値が違うことを改めて思い知らされている気分だ。

そのせいなんだろうか。及川が……あれからなにもしてこないのは。

実のところ、恋人としてつきあい始めて一か月経つというのに、及川が理人の家に泊まっていったのは最初の晩だけである。

つまり、そういう意味での性的な接触もあれ以来、ほぼ皆無だった。

ときどきじゃれつくように、肩や腰を抱かれることはある。さっきのように突然キスをされることも。

だが――――それだけだ。

理人にとって、及川はなにもかもが初めての相手だ。運良くつきあえることになったとはいえ、このあとどうすればいいのかまったく予想がつかないでいる。

そうじゃなくても自分は男で、及川がこれまでつきあってきた女性たちとは、根本的に違うのだ。

そういう意味では……及川も戸惑っているのかもしれない。

それとも――――一度寝てみたら、思った以上につまらなかったとか…。

そんなことはないと思いたいけれど、決してそうじゃないとも言い切れない。

あっさりと未練のカケラも見せずに帰って行く及川を見ていると、だんだんとそんな暗いことばかり考え始めてしまう。

それとも少しは自分からも、誘いかけてみるべきなんだろうか…。

だが色気も可愛《かわい》げもない男の自分が迫ってみたところで、気色が悪いだけなんじゃないかと、そんなつまらないことをぐるぐると考えているうちに、今日もなにもできずに終わってしまった。

そんな自分に、軽くへこむ。

「クロさん…」

気が付けば、庭の隅で寝そべっていたはずのクロが側に来ていた。しゃがみ込んだまま、いつまでも立ち上がらない理人を見て、『クーン』と小さく鼻を鳴らしている。

「もしかして、心配してくれたんですか？」

クロはその黒い瞳でじっと見上げると、ぺろぺろと理人の手の甲を優しく舐《な》めてきた。それにふっと小さな笑みが零れる。

「ありがとう。大丈夫ですから」

以前だったら、こんな風にクロに舐められたりしたら、それだけでもう大変だった。

今でも急に飛びかかられたり、顔を舐め回されるのは正直少し苦手だが、それでもそれが彼からの精一杯の愛情表現だと知っている。

ベルベットのような柔らかな手触りの毛並みをゆっくりと撫でると、クロははっはっと息を吐きながら、嬉しそうに目を細め、さらに理人の手のひらに頭を擦りつけてきた。

――自分もいっそ、クロと同じくらい分かりやすければいいのに。

嬉しかったら尻尾を大きく振って、その身体をすり寄せて。大好きと言う代わりに、その人の頬を優しく舐める。

それだけで、彼から向けられる愛情と信頼は痛いほど伝わってくるから。

「やっぱり、手ぐらい繋いでおけばよかったかも…」

クロの柔らかな耳をそっと撫でながら呟《つぶや》くと、クロはもう一度『クゥーン』と小さく鼻を鳴らした。


「お忙しいところすみません」

午前中の業務を終えて、受付に昼休みの札を出したところで声を掛けられ、理人は『はい』と顔を上げた。

「こちらのセンターに、医師の及川がいると伺ったのですが。今、会えますか?」

見ればスーツ姿の体格のいい男が立っている。

彼のような若い男がこんな平日の昼間に保健所へやってくるのは珍しく、若い母親や小さな子供の中で、ひどく目立っていた。

「はい、及川ですね。……失礼ですが、お名前は？」

「桐島《きりしま》と言います」

桐島と名乗った男に見覚えはなかった。センターの中を物珍しそうに見回しているところを見ると、本庁から来たというわけでもないらしい。

歳は及川と同じくらいだろうか。姿勢と体格がいいせいで、公務員というよりも、どこかのスポーツ選手のような雰囲気がある。

「そちらに掛けてお待ちください。すぐに呼んできますので」

内線を使って呼び出してみたものの、及川は自分の席にいないらしい。昼休みに入ったばかりなので、まだセンター内にはいるだろうと踏んで、席を立つ。

「及川さん」

二階の事務所を覗くと、案の定、ふらふらしながら他の職員と話している白衣の背中が見えた。

「ん？　どした？」

「一階の受付にお客様がいらしてます。桐島さんという方です」

「え？　……桐島？」

及川にとって、その名は意外なものだったらしい。二階の吹き抜けから下の受付をひょいと覗きこむと、『うわ、マジに桐島だよ。アイツよくこんなとこまで来たなぁ』と驚いた様子で呟いた。

「及川さんの知り合いですか？」

「ああ。大学の同期なんだ」

言いながら懐かしそうに頬を緩めた及川は、急いで一階へと下りていった。

及川と同期ということは、彼も医師なんだろうか。スーツがよく似合ってはいるものの、確かに会社勤めのサラリーマンには見えない。

やがて桐島の元へ辿り着いた及川は、破顔して旧友の肩にがしりと腕を回した。桐島の方もまんざらではない顔をして、その背を叩《たた》き返している。

ただの大学の同期にしては、仲のよい二人の姿に一瞬なぜかどきりとしてしまった。

そういえば理人は及川の交友関係をよく知らない。唯一知っているのは、獣医師の岡崎くらいだ。

高校時代もそれなりに仲のよかった友人はいたはずだが、あの頃の及川はどちらかというと、今よりずっと近寄りがたい雰囲気があった。

及川自身も、高校時代はいつも優等生の仮面を被っていたと言っていたし、心から親しくできるような友人は、もしかしたらあまりいなかったのかもしれない。

あんな風に親しみをこめた笑顔の及川を、初めて目にした気がする。つまり桐島はそれだけ、大切な友人なのだろう。

ちょうど昼休みということもあって、二人は肩を並べて外へと出て行った。

午後の業務が始まる少し前に及川は戻ってきたが、そのときにはもう桐島の姿はそこになかった。

「一ノ瀬」

呼び止められて立ち止まる。

「悪い。今夜、急に桐島とメシを食うことになって…」

「ああ、分かりました。クロさんの散歩なら俺が行っておきますので、気にしないでください」

「いや、そうじゃなくて……。お前さ、今日なにか他に予定あるか?」

「特になにも……豚肉が解凍してあるので、生姜焼きでも作ろうかと思ってたくらいで…」

今夜は生姜焼きの予定だったと聞いて、及川は『あー、くっそ。それすごい食いたかった』と本気で悔しがっている。

「もしよければだけど、お前も一緒に夕食でもどうだ?　いつもうまいもの作ってもらってるお礼に、たまには奢《おご》るよ」

「え……。でも、せっかく久しぶりに、友人が遠くから遊びに来てるんですよね?」

「ああ。遊びっつーか、学会の関係でしばらく東京《とうきょう》にいるらしいんだけどな。俺のほうが研修で、来週から石川《いしかわ》の予定だろ？　それで今日のうちに飲もうかって話になって…」

「そんなところに、俺なんかが参加してもいいんですか？」

「ああ。あいつは昔からウワバミだからな。お前がいてくれたらかえって助かる。そんなに飲まされずに済むだろうし…」

どうやら及川は、酒飲みの桐島にとことんつきあわされるのを恐れて、理人を盾にしたいらしい。

正直なところ、知らない相手と食事をするのはあまり得意なほうではない。だが及川もいることだし、なにより及川の大学時代を知っているという友人に、興味がないと言えば嘘になる。

一瞬だけ迷ったものの、理人は『分かりました』と頷いた。

「でも、一度家に戻ってクロさんのご飯と散歩だけは済ませてこないといけませんけど…」

「ああ。あっちも学会の後に抜けてくるらしいから、時間的には遅くてもちょうどいいだろ。じゃあ、店は俺の方で予約しとくな」

言うだけ言うと、慌ただしく去っていく及川を見送る。

なんだかおかしな流れになったなと思いつつも、理人は解凍してある豚肉を明日の弁当のメニューに切り替えるべく、冷蔵庫の中身を思い返した。

及川が予約してくれた店は、こぢんまりとした隠れ家的な料亭だった。

一つ一つが個室のように区切られていて、入り口を障子で閉められるようになっている。日本酒の好きな桐島に合わせたとかで、酒のメニューは別に作られているほど豊富な店だった。ほぼ下戸の理人は烏龍茶《ウーロン》で食事につきあったが、頼んだ料理はどれも美味しく、丁寧な味がした。

店主の手作りだという湯葉豆腐は蕩《とろ》けるように甘く、穴子の天麩羅《てんぷら》や地鶏の焼き物も美味しい。この食事だけでも、ついてきた甲斐があるというものだ。

三人いてももっぱら話をしているのは及川と桐島ばかりで、理人はときどき相づちを打つだけだったが、自分の知らない及川の話は聞いているだけでも楽しかった。

なかでも学生寮の話は傑作揃いで、冬に夏の残りの花火をやったら煙が出過ぎて消防車が来てしまった話だとか、大学近くの川で泳いでいたら溺《おぼ》れていると間違われ、今度は救急車が来てしまったというエピソードには、腹を抱えて笑ってしまった。

学生寮の中でも、及川と桐島は同じ関東出身ということもあり、特に気が合ったらしい。

二年前に及川が大学病院を辞めて都内に戻ってからも、桐島は及川のことをずっと気にかけていたようで、今のセンターでの仕事ぶりを何度も及川に尋ねていた。

「あー…、お前といると飲み過ぎるわ。せっかく理人を連れてきたのになー。このウワバミめ」

「人のせいにするな」

及川の指摘どおり、桐島は新しい酒を次々と頼んではグラスを空にしていく。だがそれにちゃんとついていっている及川も似たようなものだ。外科医がほぼ酒飲みだという噂は、どうやら本当のことらしい。

コップ一杯のビールで真っ赤になる理人とは大違いだ。

「ちょっと廊下に出て、酔いを覚ましてくるわ。ついでにトイレも行ってくる」

「いちいち教えてくれなくてもいいですから」

「はは。少し桐島の相手してやってて」

及川は顔色こそあまり変わっていなかったが、いつもは缶ビール一本程度しか飲まないことを思えば、たしかにかなりハイペースだったように思う。

少しおぼつかない足取りで個室から出ていった及川を、さてどうやってここから連れて帰ろうかと思案する。

もしかして今日はそのために連れてこられたんだろうか？　と、その事実にはたと理人が気付いたとき、前に座っていた桐島が口を開いた。

「一ノ瀬君は……たしか、及川の高校のときの後輩でもあるんだよな？」

「はい」

「高校生のときの及川って、どうだった？」

「どう…というのは？」

「昔から、今みたいな感じだったのか？」

「いえ…。どっちかといえば明るいというよりも、もっと真面目で、静謐《せいひつ》な優等生って感じでしたけど」

「へぇ…そうなのか」

高校時代の及川は、理人にとっては眩《まぶ》しいくらいの存在だった。

だがざっくばらんにバカな話をしながら目を細めて笑っている、そんな現在の及川も理人にとっては、かけがえのない存在である。

大学時代の及川の話をもっと聞きたくて口を開こうとしたとき、桐島はそれまでと打って変わった厳しい表情になった。

「なぁ、一ノ瀬君から見てどう思う？　アイツ、いつまであんな腑抜《ふぬ》けた状態でいるつもりなんだ？」

「……え？」

——腑抜け？

「病院で働いていた頃の及川は、もっとギラギラしてたよ。少なくとも、『趣味は恋人のうまい手料理を食って犬と散歩すること』なんて、ジジムサイことを口にするようなヤツじゃなかった」

「そ…う、ですか」

二人でランチに行ったときに、そんな話が出ていたらしい。

それに理人としては、赤くなればいいのか青くなればいいのか分からず、一瞬悩む。

「やっぱり、早めにこっちに戻らせないとダメだな…」

戻るってどこへ？　そんな理人の無言の疑問が伝わったのだろう。桐島は当然のような顔をして『ああ。うちの大学病院にだよ』と頷いた。

たしか、二人の出身大学は京都《きょうと》だったはずだ。そこに付属している大学病院も、当然京都にある。その事実に思い当たって、理人は言葉を失った。

「前からずっと戻ってこいとは言ってるんだ。うちの医局もその気で、正式に打診もしてる。だけど及川もかなりの頑固者だからな。今の仕事を途中で放り出せるかと、なかなか取り合おうとしないんだ」

そんな話は初耳だった。

まさか大学病院から及川に、引き抜きの話がきているなんて。

「こんなこと言ったら、同じ職場で働いている君には大変申し訳ないんだが……、今の職場はアイツの才能を潰《つぶ》してるとしか思えないんだよ。及川は優秀な外科医だ。手術もせず、治療もしない保健所ではなんのキャリアにも繋がらない。……なのにアイツはいつまでフラフラしてるつもりなんだ？」

そんなことを理人に尋ねられても困る。

つきあいたてとはいえ、一応恋人の身としては、そんな大事な話を聞かされていなかっただけでも結構なショックだというのに。

「……さぁ。そうした話は、俺とは一度もしたことがないので…」

「大学病院にいた頃は寝る間も惜しんで、それこそ鬼気迫るぐらいの勢いでバリバリ仕事してたんだ。手術の合間に論文書いて医学雑誌に送ったり、アメリカの医療を勉強しに研修へ出たり」

「そうだったんですか…」

たしかに今ののほほんとした及川の姿からは、とても想像がつかない。

だが若手ながら及川がかなり優秀な外科医だったらしいという話は、理人も噂で聞いたことがあった。

「アイツが病院を辞めた理由は、聞いてるか？」

「いえ…」

「アイツが大学病院を辞めたのは、及川自身のせいじゃない。上司のトラブルに巻き込まれてのことだ。……つまらない話になるけどな。大学病院って場所は、いわゆる派閥争いが結構シビアでね。何年か前にアイツが世話になってた教授がちょっとしたポスト争いをして、同じ系列の小さな病院に飛ばされたんだ。名目上は院長として栄転だなんて言ってたけど、要は左遷だよ。アイツもそれにくっついて行かされることになって……部下代表で、貧乏くじを引かされたようなもんだった」

医師の世界のことをよく知らない理人にとっては、ぼんやりとした想像しかできなかったが、似たような話はサラリーマンでも耳にすることはある。

「及川本人にはなにも落ち度がなかったし、脳外科医としての腕前はピカイチだから、病院側もほとぼりが冷めたらそのうち呼び戻すつもりだったんだろうな。なのにアイツ、外に飛ばされたのがよっぽど腹に据えかねたのか、そのまま大学病院を辞めてしまってね…。いきなり関東に戻るっていうから、てっきり実家の病院を継ぐか、都内の大きな病院からいい条件で引き抜きをかけられたんだと思ったら……、まさか医者ごと辞めて、こんなところで公務員をやってるなんてな…」

「……そう…ですか」

「あ、悪い。こんなところなんて、言い方がよくなかったな。ただ、医師として腕のいいやつが、あんな些細なことで現場を離れるなんて、納得がいかなくて…」

「いいです。気にしないでください」

桐島の言いたいことは、分かる気がした。

理人もひまわり保健センターで及川と再会したとき、似たようなことを思ったからだ。医師として輝かしい未来を約束されたはずの男が、なぜこんな古ぼけた保健センターで働いているのかと。

「外科医は手術を続けていないと、腕が鈍って駄目になる。技術も毎年どんどん進化してる。……できるなら、俺はアイツの才能をこのまま埋もれさせたくないと思ってるんだ」

そこで一旦話を切ると、桐島は改めて理人へ向き直った。

「一ノ瀬君」

「…なんでしょう?」

「よければ、一ノ瀬君からもアイツに大学病院へ戻るように言ってくれないか?　その時間と才能を、無駄にするなって」

予想外の頼み事をされて、息を飲む。

「それは…」

「幸いなことに、及川が師事してた教授と対立してた医局長が、今年の春に引退したんだ。おかげで病院側も大手を振って、及川を呼び戻そうと準備してる。それなりのポストも用意されるはずだし、前よりずっと待遇もいい。なによりアイツが戻ってくるのを、俺も外科のチームもみんな待ってるんだ」

桐島は真剣だった。

今回、学会のついでに顔を見に来たと話していたが、もしかしたら及川を呼び戻すことの方が、本来の目的だったのかもしれないと思うほどに。

「それは……俺から言うんじゃなくて、桐島さんから及川さんに話してみてください」

「もちろん、俺も何度かすでに話はしてみたよ。けどアイツ、『ポストなんてどうでもいいし、今のままで十分だ』なんて、のらりくらりしてるだけで話にならないんだ」

なんとなく、及川らしい返事だと思った。

及川はセンターのトップである所長という立場にありながら、誰にも威張り散らすことなく、中で働いている職員とも、やってきた区民とも同じ目線で話をしては笑っている。

けれどもそれは桐島にとって、予想外の返事だったらしい。

「俺は長いこと及川と一緒にいたから、アイツのことなら十分によく分かってるつもりだ。アイツが今、医師の道を捨ててこんなところで燻《くすぶ》ってるのは、どうしてもヤケになってるとしか思えないんだ」

「……ヤケ…」

「そうだろう？　尊敬してた教授や自分を、つまらない派閥争いなんかであっさり追い出した医局に、ひどく失望したんだと思う。まるで当てつけるみたいに病院を辞めたのも、そのせいだ。けれどそんなことをいつまでも気にして、隠居生活みたいな時間を過ごしているのは勿体《もったい》ないと思わないか？」

時間が勿体ない――そう言われても、理人には『そんなことない』と言い返せるだけの根拠もなかった。

自分は高校時代と、再会してからの数か月分の及川しか知らない。それに対して桐島は、十年近く及川のことを傍で見てきたのだ。

……今の状況が、桐島の言うとおり、ただ『ヤケ』になっているのだとしたら。

「頼む。このとおりだ」

「ちょ、ちょっと待ってください、桐島さん！」

突然、テーブルの上に手をつくようにしてがばっと頭を下げた桐島を目にして、ぎょっとする。自分などに頭を下げても、意味などないというのに。

「アイツはニコニコとして一見人当たりよく見えるくせに、根っこのところではあまり人を寄せ付けないようなところがある。そんな及川が……君に対しては心を許してるように見える。だから君から話をしてもらえれば、アイツだって少しは聞く耳を持つかもしれない」

「桐島さん…」

桐島の気持ちは痛いほど伝わってきた。

一緒に頑張ってきたはずの仲間が、つまらない争いに巻き込まれて道半ばにして進路を変えてしまったことが、悔しくてたまらないのだろう。

だが理人には、その意見に諸手をあげて賛成などできそうにもなかった。

もし本当に――――及川が大学病院に戻ることになったとしたら。それはつまり彼がここからいなくなることを意味している。

そんな話に、積極的に賛成できるはずもなかった。

「お願いですから、頭を上げてください」

そう告げても桐島は頭を下げたきり、顔を上げない。

そんな姿を見ていたら、無慈悲にも今この場で、『そんなことできません』などとは、とても言えそうになかった。

「……分かりました。一応、俺からも話はしてみます。でも……本来なら俺が口を出すべきことではありませんし、及川さんの気持ちが第一ですから…」

「そうか！　ありがとう！」

結局のところ、最後には折れるしかないらしい。

理人の返事に顔を輝かせた桐島とは対照的に、理人はこっそりと胸の内で重い溜め息を吐きだした。


「一ノ瀬さん。……一ノ瀬クロさん。診察室にお入りください」

ぼーっとしているうちに、受付の女性から名を呼ばれているのに気付いて、クロのリードを持って立ち上がる。

「いらっしゃい」

理人とクロを迎えてくれたのは、動物病院の若き院長だ。彼はクロが家に来た当初から診察をしてくれているドクターで、及川の古い知人でもあると聞いている。

「岡崎先生…。お世話になります」

ぺこりと頭を下げると、岡崎はふっと品のいい笑みを口端に浮かべた。

ノーブルな顔立ちに、細い銀のフレームの眼鏡がほどよく似合う岡崎は、いつもぱりっと糊《のり》のきいた白衣を着ており、及川などよりずっと医者らしく見える。

淡いピンクとクリームで統一された病院内もどことなく品があって、初めて及川に連れられて彼の病院を訪れたとき、まるでどこかのエステティックサロンにでも迷い込んだような錯覚を覚えたほどだ。

「及川は？　今日は一緒じゃないの？」

「及川さんは、今日は会議で帰りが遅くなるらしいので、俺が一人でクロさんを連れてきました」

「そう。クロさんの調子はどう？」

「おかげさまでいいみたいです。食欲も今は戻ってきてますし、足もだいぶ引きずらなくなったみたいで…」

先週、クロは珍しく夕食を残していた。

そんな日が二日ほど続いたため、心配になり、慌てて病院に連れてきたところ、『たぶん少し早めの夏バテだろうね』と診断された。

今年は六月過ぎから暑くなり、そのため人と同じように動物も脱水症になったり、熱中症になることもあり得ると聞いて、理人は顔を青ざめさせた。

幸いにしてクロの食欲はすぐに戻り、ほっと胸を撫で下ろしたものの、クロのように年寄りだと特に、気温や湿度の変化が体調に直結するという。

「今年の夏は特に暑さが厳しそうだからね。クロさんみたいなお年寄りの子は、食欲があるだけでもありがたいよ。じゃあちょっと診させてもらうね」

クロの前で岡崎はすっとしゃがみ込むと、白衣のポケットから聴診器を取り出した。

胸や腹にそれを当てながら全身にひととおり触れていった岡崎は、最後に耳の中と、クロの後ろ足の毛の禿《は》げた部分を診察すると、にっこりと微笑んだ。

「うん。新しい毛も生えてきてるし、皮膚はほぼ完治したみたいだ。もともと足の関節が弱い子だったみたいだから、歩くときちょっと足は引きずるかもしれないけど、これならもう心配しなくていいと思う。ラブラドールは脚関節が弱い子が多いんだよね。あと、またフィラリア予防のお薬を出しておくから」

「はい。ありがとうございます」

クロのケガがほぼ完治していると聞いて、ほっと胸を撫で下ろす。

週に一度の割合で通ってきていたため、今ではすっかりクロも岡崎に慣れており、彼の手をぺろぺろと舐めていた。

「しかしクロさんは本当に大人しくって、いい子だねぇ」

獣医師をしているだけあって、岡崎はかなりの動物好きらしく、クロの頭を両手で摑んでわしゃわしゃとかき混ぜた。クロのほうもまんざらでもない様子で、されるがままうっとりと目を細めている。

「ほとんど吠えたりしないですし、エサもなんでも食べてくれるので、俺みたいな初心者でもすごい助かってます」

「そう。こんな可愛くて大人しい子を保健所に捨てていくなんて、ほんと罪作りで野暮な人間もいるもんだな」

「…そうですね」

「ところで、クロさんの新しいご主人様はもう見つかったの？」

「いえ。年をとった大型犬の場合、引き取り手を探すのは難しいらしくて…」

一応、動物保護のボランティア団体に声をかけてもらってはいるのだが、怪我をしている老犬となるとなかなかハードルが高く、新たな飼い主候補はいまだ見つかっていない。その話を伝えると、岡崎は『ふむ…』となにか考え込むようにして、眼鏡をすっと上げた。

「たとえばだけど。一ノ瀬君がこのまま飼っていくっていう選択肢はないの？」

「そのことも考えてはみましたけど、やっぱり自分は一人暮らしですし、家に誰もいない時間のほうが多いので…」

今の生活では、このままクロとの生活を続けていくのは厳しそうだった。

特に今年の夏のように厳しい暑さが予想されるときは、なおさらだ。

昼は玄関に入れて、クーラーの風が届く位置に座らせてやったり、庭によしずを立てて日陰を作ってやったりしていたが、それでもクロが夏バテを起こしてからは、丸一日、一匹だけで家にいさせるのがひどく心配だった。

残業で帰りが遅くなる日もある。そういうときは、及川にエサやりを頼んでいるが、いつまでも及川に頼っているわけにもいかないだろう。

もしクロといつも一緒にいてくれそうな家庭があるのなら、そちらを見つけてあげた方がいいと思っていることを正直に告げると、岡崎は『そっか』と頷きながら、ぽんぽんとクロの首を優しく叩いた。

「じゃあ、これは朗報って言えるのかな」

「なんですか？」

「知り合いに動物好きのご夫婦がいてね。今も柴犬を一匹家で飼っているんだけど。そのご夫婦にクロさんのことを話したら、セカンドパートナーとしてクロさんをお迎えしてもいいって言ってくれてるんだよ」

「……え？」

「どうする？　よければ、そのご夫婦と会ってみる？」

突然降ってわいた話に、理人は一瞬、息を吐くのを忘れた。


「理人。まさかお前、それで『じゃあどうぞ』なんて即決してきたんじゃないだろうな」

「そんなことは言ってません」

理人がその話を伝えると、及川は面白くなさそうに唇を尖《とが》らせた。

本日のメニューは、パートの看護師から教えてもらったインド風チキンカレーだ。

理人と同じ歳の息子がいるという彼女は、理人の弁当が自作と聞くとひどく感動していた。その話のついでに、いくつか得意料理も教えてもらったのだ。

このカレーは鶏の骨付き肉をゴロゴロと丸ごと入れ、野菜や香辛料、トマト缶などで煮込んでいくもので、水は一切使用しない。その分、辛みが強いが、ヨーグルトやバターを入れて全体的にマイルドな味付けにしてある。

理人には少し辛すぎる味つけだったが、及川はひどくお気に召したようで、最初からかなりがっついて食べていた。

だが理人がクロの話を切り出した途端、ピタリとその手の動きが止まってしまう。

「言ってませんけど…。いつまでも臨時でうちが預かってるわけにもいきませんし」

クロのためを思うなら、少しでも早く温かな家庭を探してあげた方がいいのだろう。それは分かっている。

一人暮らしの理人の家では、満足に相手もしてあげられないままだ。

「そちらのご夫婦は、すでに旦那さんが定年退職されていていつも誰かしら家にいるし、前にもレトリーバーを飼っていたことがあるから、大型犬の扱いにも慣れてるそうなんです。今は柴犬が一匹いるそうですけど、その子も大人しいのでクロさんとはいい友達になれるだろうって、岡崎先生も太鼓判を押してくれましたし…」

「ふーん…。岡崎先生がねぇ」

だが及川は理人の言葉に、すっと目を細めた。

「なんですか?」

「いいやー。ただ基本人見知りのわりに、やけに岡崎にはすぐ懐いたもんだと思ってさ。クロさんのことも一番に相談してるし」

「それは……岡崎先生はクロさんの主治医ですから。なにより及川さんの紹介でしょう？　なら信頼もできますし」

――なんだ？

自分で紹介したくせに、妙に含みのある言い方をする及川に、眉をひそめる。

及川が紹介してくれたからこそ、理人も信頼してクロを岡崎に任せているのだ。そう告げると、及川は『そうか』と言いつつひょいと眉を上げた。

「でも……それでお前は本当にいいのか？」

心の奥底まで見透かすような瞳でじっと見つめられて、どきりとする。

「俺がどうかとかよりも……クロさんのことをまず考えてあげないといけませんから。せっかくいい条件で家族にと望んでもらえたのに、断る理由もありませんし」

「条件がよくて断る理由がない、ね…」

カレーの中に入っていたチキンにかじり付きながら、及川が『ふうん』とやけに気のない様子で鼻を鳴らしたのに気付いて、理人はムッと唇を引き結んだ。

「なんですか？　言いたいことがあるなら、はっきり言ってください」

「いや。随分とあっさり手放すんだなーと思ってな」

「……それ、どういう意味ですか？」

及川の言葉に、少しカチンときた。

その言い方では、まるで自分がクロさんを見放すみたいじゃないか。

「別に深い意味はないけどな。ただお前、前よりずっとクロさんとうまくやれてるだろ？　なのに本当にそれでいいのか？」

「俺だって……色々と考えた上で、たぶんこれがクロさんにとってベストな選択だと思ったんです」

先週、家に帰ったとき、クロさんが食事もとらずに庭先でぐったりしているのを見つけたときは、正直堪えた。あんな思いはもうこりごりだ。

だがそんな理人を見つめて、及川は肩をひょいと竦《すく》めた。

「別に、そんなに頭でっかちに考えなくてもいいと思うけどな」

簡単に、そんなことを言わないで欲しい。

今だって及川がいてくれるからこそ、お互いが仕事で忙しいときは交代で面倒を見たり、散歩に行ったりできているような状況なのだ。

犬一匹とはいえ、命を預かるというのは決して簡単なことではない。特にクロのような老犬ではなおさらだ。

「まぁ…お前がよく考えて決めたなら、俺が口出すことでもないけどな」

黙り込んでしまった理人をどう思ったのかは分からないが、やがて及川は溜め息交じりにそう続けた。その溜め息が、なんだか遠回しに非難されているようにも聞こえて、ちりちりと首の後ろの毛が逆立つような苛立《いらだ》ちを覚える。

クロのためにと思って決めたはずなのに、なぜ、こんなにイライラとした気持ちにならないといけないんだ。

「……そういう及川さんこそ、どうなんですか」

「俺？　俺がなんだ？」

「前にいた大学病院から、引き抜きの話がきてるって聞きました。よく考えた上での結論は、もう出たんですか？」

苛立ち紛れに、ついぽろりと言葉が口を突いて出た。

それを一瞬まずいなとは思ったものの、どうせこの件についてはいずれは話さないといけないと思っていたのだ。

桐島に頼まれたからというのもあるが、それ以上に理人も一度、及川がどう思っているのかちゃんと聞きたいとは思っていた。

なにしろ自分は、そんな話があることすら聞かされていなかったのだから。一応、恋人としてつきあっているにも拘《かか》わらずだ。

それとも及川自身が決めたことに関しては、理人が口を出す権利などないということなのだろうか。たった今、及川が『理人の決めたことに自分は口は出さない』と言っていたように。

「桐島か…」

理人の言葉で、誰になにを言われたのかすぐに察したのだろう。

及川は面倒くさそうに、がりがりと後ろ頭をかきながら、大きな溜め息を零した。

「アイツも、なんだってお前にそんな余計な話を…」

「余計って……どうしてですか？　俺じゃ、そうした大事な話をする気にもなれないってことですか」

さすがにカチンときてしまう。

この口ぶりから察するに、やはり及川は理人にはこの話をいっさいするつもりはなかったということなのだろう。分かっていても、かなりショックだ。

「そういう意味で言ったんじゃない。分かるだろうが。第一、俺は今センターでちゃんと働いてるだろ。なのになんで、わざわざ病院へ戻る必要があるんだよ」

仕事のやりがいや、給料や名声。

その他どれをとっても、大きな大学病院の外科医と、小さな保健センターの公務員とでは、大きな隔たりがあるように思えてしまう。

そんな中、もし及川が桐島からの誘いに心が揺れたとしても仕方がないと思うのは、そんなにおかしなことだろうか。

「桐島さんは……病院で色々と嫌な目にあったせいで、及川さんがヤケになってるんじゃないかって言ってましたけど…」

「ヤケねぇ…。お前にも、もしかしてそう見えるのか？」

――分からない。分からなかった。

理人の目から見た及川は、毎日楽しそうに笑って、飄々《ひょうひょう》と過ごしているように見える。だがそれは現在の及川しか知らないからだ。かつて外科医として上を目指し、バリバリと働いていた及川を知る桐島からは、今の彼はただの腑抜けにしか見えないという。

「あのなぁ…。俺は左遷されたことに腐って、病院を辞めてきたわけじゃない。前々からあいった大学病院特有のいざこざにはうんざりしてたし、仕事についても色々と悩んでた時期だったから、ちょうどいいきっかけだったんだよ。……それについては、前にもお前には話しただろうが」

「それは、そうですが…」

「だいたい、もし本当に俺が病院へ戻ったとして、それでお前はいいのかよ？　うちの病院、本拠地京都だぞ。お前、まさか俺にそっちへ行けとでも？」

「べ、別にそんなことは言ってません。でも、せっかくやりがいもあって頑張っていた仕事を、変な横やりのせいで志半ばで辞めてしまうなんて、勿体ないと思う桐島さんの気持ちも分かりますから…」

「俺は俺なりに考えた上で、ここでやっていこうと思ってる。それは自分の素直な気持ちに従ってのことだ。……お前こそ、たまにはそうしたらどうなんだ？　変に遠慮したり考えこむ前に、自分の気持ちに正直になれよ。後悔はあとで悔いるから、後悔って書くんだぞ」

言い切ると、及川はこの話を切り上げるように、麦茶の入ったコップに口を付けた。

別にケンカをしたわけでもないのに、なんとなく気まずい沈黙があたりに漂い、息苦しくなる。

こんな風に及川と一緒にいて気まずくなるなんて、つきあい始めてからは初めてのことだ。

俯《うつむ》く理人の前で、及川はしばらく黙って麦茶をすすっていたが、やがてふっと息を吐くと、穏やかな調子で話し始めた。

「それで？　もし本当にその夫婦にクロさんを渡すとしたら、いつなんだ？」

「え……あ。ええと週末に、あちらのご夫婦と岡崎先生の病院で一度顔合わせをと言われてるので。それがうまくいったら月曜にでも引き渡すことになるかと思います」

「来週か。それだと俺は一緒についていってやれないぞ？」

「あ…。そういえばそうでしたね」

及川は明日からしばらく、研修に出ることが前々から決まっている。

今年は石川県で公衆衛生学会が開かれることになっており、約一週間は出張扱いのまま戻ってこない。

その間センターには、彼の代わりとして臨時の医師が来ることになっていた。

「せめて、さ来週にしてもらえばどうだ？」

「なんでですか？」

「一人だとお前が泣くからだろ」

「……なんで俺が泣くんですか」

ムッとして目を細めると、及川は『だってお前、最近よくクロさんと話しこんでるしな』と悪戯っぽく笑った。

「な、なんで及川さんがそんなこと知ってるんですか」

「あーあ。誰だっけかなー。犬と会話なんてできませんなんて言ってた人は」

「……それとこれとは、別の話です」

痛いところを突かれた気がして、頬を染めて押し黙る。

そんな理人に及川はニヤニヤ笑うと、『だからこそ、心配なんだろうが』と肩を竦めた。

「俺がいないときにクロさんまでいなくなったら、お前、すげー寂しくなるだろ」

「いい大人がなに言ってるんですか。寂しいのは及川さんの方でしょう。……第一、俺はそんなことでいちいち泣いたりしませんから」

「えー、本当か?」

「本当です」

ツンとして答える理人に、及川はますますニヤニヤとした笑みを浮かべている。

いつもの明るい調子で気まずさを吹き飛ばしてくれた及川に感謝しつつも、理人はもう一度、『大丈夫ですから心配しないでください』と繰り返した。

「そーか。……じゃあクロさんとの散歩も、もしかしたら明日が最後になるかもな」

少し寂しげな表情でそう呟いた及川は、次の日の朝、早めに家に来てクロとの散歩を済ませると、そのまま一週間の研修へと旅立っていった。


「ただいま」

玄関の鍵を開け、靴を脱ぎながらついいつもの調子で呟いてはっとする。

顔を上げれば、暗い部屋の中はシンと静まりかえっている。

……そうだ。もう、いないんだっけ。

分かっていたのに、ついクセで挨拶《あいさつ》を口にした自分に苦笑しながら、理人は部屋の明かりのスイッチを入れた。

途端、クロが廊下で使っていた大きな玄関マットが目に飛び込んでくる。

クーラーの風が直接当たらない位置に敷いてやると、喜んでそこで一日昼寝をしていたクロの姿を思い出す。

主のいなくなった玄関マットは、なんだかこの家には少し大きすぎてそぐわない気がしたが、まだ片付ける気になれないのは、クロがいなくなった途端、彼のいた痕跡まですぐに拭《ぬぐ》いさるのが忍びなかったからだ。

昨夜、理人は岡崎が紹介してくれた夫妻にクロを引き渡した。

やはりそれがクロにとってはベストな結論だと、そう感じたからだ。

週末に一度会って話をしただけで、山田《やまだ》と名乗ったその夫妻がとてもいい人だというのが分かった。

クロは夫妻とすぐに打ち解け、彼らが連れてきていた柴犬とも、楽しそうにじゃれあっていた。

一晩考えた上、理人はクロを夫婦に託すことに決めて、岡崎の病院に連絡を入れた。

引き渡しの当日、クロがいつも食べていたフードや、オモチャなど一式を一緒に手渡しながら、彼が好きな食べ物のことや、雷を怖がることなども説明すると、夫妻は『うちの子も同じなので大丈夫ですよ』と笑って頷いてくれた。

「じゃあ、クロさんは大切にお預かりしますね」

そう言われてリードを手渡した瞬間は、なぜか自分の一部が欠けていくような、言いようのない寂しさがこみ上げてきて仕方なかった。

濡《ぬ》れたような優しい黒い瞳にじっと見つめられると、ふいに胸の奥が詰まるように切なくなった。

なにか言っておきたいことがあったはずなのに、うまい言葉が見つからない。

「……クロさん、元気で」

結局は、そんなありきたりな言葉しか出てこない自分が情けなかったが、柔らかな耳たぶを両手でそっと撫でると、クロは応えるようにひとつ『クゥーン』と小さく鳴いた。

その声が妙に悲しげに聞こえた気がして、きゅっと唇を嚙む。

別れ際、クロは理人がなぜ一緒についてこないのか、不思議そうな顔をして何度もこちらを振り返っていたが、夫妻にリードを引かれるまま大人しく車に乗り込んだ。

そうしてクロの乗った車が、やがて病院の角を曲がって見えなくなるまで、理人はじっとその場で見送ったのだ。

――今更、こんなことを思い出したところで意味がない。

溜め息交じりに玄関をあがり、喉元を締め上げていたネクタイを緩める。

すぐに夕食の支度に取りかからないといけないと分かってはいたが、なんだかかったるくて、そんな気になれなかった。

部屋の窓を開けて、淀《よど》んだ空気を入れ換える。少しだけ部屋の中が涼しくなったものの、やっぱり気分はあまり晴れずに、理人は買ってきたばかりの食材をキッチンのテーブルの上にぽんと放り投げたまま、テーブルへと突っ伏した。

……疲れたな。

また終業後に、書庫整理を始めたからだろうか。

クロの体調を気にして、最近はなるべく早めに家に帰るようにしていたため、すっかり途中になっていたが、書庫にはまだ区分けのできていない書類の入ったダンボールが、いくつもある。

それをいっきに片付けようとして、ちょっと張り切り過ぎたのかもしれない。

今から一人分の食事を作る面倒くささに負けて、理人は冷凍庫からラップに包んでおいた白米を取り出すと、電子レンジでチンしてどんぶりに移した。

お茶漬けの素と少しぬるめのお湯を注ぎ入れて、簡単な茶漬けを作る。

さらさらとした喉越しに助けられ、なんとか最後まで食べきることができたが、あまり食欲はなかった。

そういえば朝は食パンを一枚かじっただけだったし、昼も似たようなものだった。

これももしかしたら、夏バテの一種なんだろうか。

使った茶碗をさっさと片付けて、干しっぱなしになっている洗濯物をしまわないといけないのに、なにもする気が起きない。身体は重いし、椅子から立ち上がるのも億劫《おっくう》だ。

……面倒なことなど、もうなにもないはずなのに。

ほんの数か月前まで、理人は一人きりのこの家で何年も生活していた。食事の支度もアイロンがけも、全てを自分でやっていたが、それを面倒だと思ったことはなかった。

だが今は、自分ただ一人のためだけになにかをするのがひどく煩わしくて、椅子からも立ち上がれないでいる。

気がかりだったクロのことを、安心できそうな人の手に渡して、心配ごとはなに一つなくなったはずなのに……。

これからは家に一人きり置いてきた彼のことを、心配しなくていい。夏の日差しの強さや、突然やってくる夕立を気にかけたりすることも。

帰宅時間を気にして職場を出たり、エサがなくなる前に次の買い置きをしておかないとと、心を配って買い物をする必要もない。

とても自由で、心穏やかでいられるはずなのに。

――なんだか、ひどくナーバスになってるみたいだ。

やはり突然生活のスタイルが変化したことが、疲れの原因かもしれない。

気が抜けているだけだろうと気持ちに区切りを付けて立ち上がりかけた理人は、ふとテーブルの脇に落ちていた丸い物体に気が付いた。

「これ…」

拾い上げてみると、それは及川がクロにと買ってきた、犬用のオモチャだった。

柔らかなゴム素材でできており、噛むと音が出る。ボールの先には太い紐が付いていて、よくクロは及川と並んでそのひもを引っ張り合っていた。

クロのお気に入りだったオモチャ。それを渡しそびれたらしい。

慌てて携帯を取り出し、岡崎から夫妻に渡してもらうよう電話をかけようとして……、理人は途中でその手を止めた。

こんな歯形のつきまくったオモチャをわざわざ届けなくても、あの夫妻ならばきっと、新しいオモチャを用意してくれていることだろう。

いちいち気にしすぎている自分に、唇を噛む。

及川はクロを手放したら、きっと理人は泣くはずだと言っていた。その予測は外れて、泣いたりこそしなかったものの、なんだかぽっかりと胸のまん中に大きな穴が空いていて、そこを虚しい風がひゅーひゅーと吹き抜けていっている気がする。

――及川に……電話してみようか。

研修施設の中では電源を切っているため、繋がらないことが多いと言っていたが、少しでもいいから声が聞きたい。あのぞくぞくするような低い声で、『理人』と名を呼ばれたかった。

ためらいつつも及川の番号を探し出し、携帯のコールボタンを押す。

だがやはり電源が落ちているのか、呼び出し音はならないまま、留守番コールセンターへと回されてしまった。

それに自分でも思った以上にがっくりと項垂《うなだ》れながら、携帯を切る。

……こんな調子では、もしも本当に及川が大学病院に戻ると決めたら、落ち込むどころの騒ぎではなくなるだろう。彼がセンターを辞めてしまえば、職場で毎日顔を合わせることすらできなくなるのだから。

食卓を一緒に囲み、理人の手料理を見て『すげーうまそう』と目を細めて笑う、あの笑顔を見ることもなくなってしまう。

そんな当たり前の事実を今更ながら突きつけられた気がして、理人はきつく目を閉じた。

クロのことも。及川のことも。

頭ではちゃんと分かっているつもりでいても、現実として受け入れるのは、また別の話だ。

――及川は、どうする気でいるのだろう？

研修から戻ったら、もう一度桐島とちゃんと話してみるつもりだと及川は言っていたが、そのときはなんと答えるのか。

クロがこの家からいなくなった今、まだそのことについてはあまり考えたくなかった。


一歳半の健診を終えて二階の事務所へ戻ると、先に事務所に戻っていた葉子《ようこ》が、理人《りひと》に気付いて寄ってきた。

「一ノ瀬《いちのせ》。これ、先週分の健康診断の結果表。業者から届いてたわよ」

「ああ…。ありがとう」

　葉子は理人とは同期で、ここひまわり保健センターで保健師をしている女性だ。同い年のはずだが、いち早く結婚と離婚を経験し、いまは女手一つで三歳になる娘を育てているせいもあり、理人などよりもよっぽどしっかりしている。

「なによ。なんか冴《さ》えない顔色してるわね」

「…そうか？」

　手にしていた箱をドンと理人の机に置くと、葉子は不思議そうな顔をしてひょいと顔を覗《のぞ》き込んできた。

「なにかあったの？」

　どうやら自分は、よほどみっともない顔をしていたらしい。

「実は、クロさんを……うちで預かってた犬を、引き取りたいって人が現れて」

「あら…。もしかして、それが嫌なタイプの相手だったとか？」

「いや、すごくいい人達だったんだ。もともと犬好きのご夫婦で、大きな庭付きの一軒家に住んでるらしいし…」

「ならよかったじゃない」

　説明すると、葉子はあっけらかんとした様子でそう告げた。

「もともと一ノ瀬、犬は苦手でずっと引き取り手探してたんでしょ？　ただの預かりとはいえ、エサ代とか病院代とか結構お金もかかってたわけだし。これで肩の荷が下りたんじゃない？」

「そう、だよな…」

確かにそのはずなのだが。

なのに、いまいち気持ちが晴れないでいるのは、今朝からの天気があまりよくないせいだろうか？

「なによ。はっきりしないわね。もしかして、情でも移って寂しくなっちゃった？」

「情なんて……そんなのもう、とっくに移ってるよ」

移らないわけがないだろう。数か月もの間、一緒に暮らしていたのだ。

だからこそ、彼の幸せを祈って送り出したのに。

「なんだ。手放したくなっちゃったなら、そのまま一ノ瀬が引き取って飼えばいいだけの話じゃないの」

「……簡単に言うなってば。俺は一人暮らしだし、いつまでも年老いた犬一匹だけを家に置いておくわけにいかないだろう」

「まぁ、なにかを育てていくのって並大抵の苦労じゃないし、躊躇《ためら》うのも分かるけどね。なにかあったらその命を丸ごと一つ、自分が背負わないといけないわけだし…」

さすがに女手一つで子供を育てているだけはある。

葉子の言葉には、確かな重みがあった。

「でも、そうやって苦労するだけの価値もあるわよ？　私なんか娘のためならなんでもできるもん。あの子の寝顔を見てると、一日の疲れも吹っ飛ぶしねー。一ノ瀬も、好きになっちゃったならしょうがないんじゃない？」

最終的にはそうあっけらかんと結論づけた葉子に、前向きだなぁと思わず苦笑が零《こぼ》れてしまった。

これが葉子と自分の差かもしれない。

自分はいつも迷ってばかりだ。クロのことも。……及川《おいかわ》のことも。

彼らの幸せを願うなら、彼らにとって一番いい道を応援してあげたほうがいいと分かっていても、こんなにも未練が募ってしまう。

及川から『もし俺が本当に大学病院に戻ったとして、それでお前はいいのか？』と問いかけられたとき、とっさには答えられなかった。

本音を言えば……及川と離れたくはない。ずっと忘れられなかった相手だ。

そして改めて好きになった相手でもある。ようやく好きだと言ってもらえて、一緒にいるだけで、胸がバクバクするほど嬉しくて……。そんな相手と離れたいわけがなかった。

だがそんな身勝手な望みを口にすれば、なにかしらの犠牲を相手に強《し》いることになるんじゃないだろうかと思うと、恐い。

「ねえ……話は変わるけどさ。一ノ瀬は、今日の一歳半健診に来てた臨時のドクターと話してみた？」

小さくなる。

「いや。挨拶《あいさつ》だけはしたけど」

突然あたりをきょろきょろと見回しながら、声を潜めた葉子に釣られて、理人も自然と声が小さくなる。

「今日の健診、最悪だったのよ。必要事項だけお母さんたちに聞いて、あとは聴診と型どおりのチェックだけして、ハイ次、ハイ次、って感じで。お母さんたちがなにか聞きたそうにしてても、『後ろがつかえてますから』なんて迷惑そうな顔で言われちゃ、それ以上なにも聞けないじゃないのよね。ここは病院じゃないのにって、ついてた看護師さんたちからもすごいブーイング」

「そうなんだ…」

「まぁ、どこかの雇われ医師がバイトで来てるだけだから仕方ないのかもしれないけど。でもセンターは、病院と違って健康相談が主な仕事なんだから、『ちょっと言葉が遅いみたいです』とか、『体重の増え方が気になって』とか、そういう些細《ささい》な心配事をちゃんとくみ取ってあげることが一番重要なのにね。看護師さんがそっと横から注意したら、『僕はそういう専門じゃないんで』とか、さらっと逃げたらしくて。ますます腹立つわー」

葉子の言いたいことは、理人にも少し分かる気がした。

センターに移動して来るまで、公衆衛生についての予備知識などまったくなかった理人も、今では保健所が地域で果たす役割について、なんとなく理解しつつある。

保健所は病院のように、治療や投薬などはいっさい行わない。

あるのはただ保健や医療の知識と、困ったときはいつでも相談にのりますよといった、広い窓口だけ。

病気や介護、子育てに迷ったとき、一番最初の相談相手となれること。それこそが保健所のもつ大事な役割なんだろう。

ささやかな悩みを誰にも相談できずにいたら、虐待や孤独死が増えていくばかりだ。

以前、及川が『保健所なんて、たまり場でおおいに結構。まずは来てもらわないと始まらないからな』と話していたことを思い出す。たぶんそのとおりだ。

保健所とは、つまり区民の健康や生活に関する何でも相談屋なのだ。

「ああいう、診察だけしてれば文句ないだろってドクターを見てると、ますますうちの及川所長との違いが引き立つわよね」

ふいに及川の名を出されて、どきりとした。

「あー、あの臨時のドクターと今週いっぱい顔合わせるのかと思うと、頭が痛いわ。所長、早く戻ってくればいいのに」

「……浅井は、及川さんのことが好きなんだな」

嫉妬《しっと》のつもりではなかったが、及川を素直に恋しがる葉子を見ていたら、ついそんな言葉がぽろりと口を突いて出てしまった。

「あ、いや…今のは…」

もしかして恨みがましかっただろうかと、口にしてからはっとなる。

だが葉子はそれに『当たり前じゃない』ときっぱりと頷《うなず》いた。

「うちの所長、ちょっとヘタレてるけど文句なくカッコイイしね。明るくて話しやすいし。なにより元脳外科出身のドクターよ。うちのセンター内じゃ、パートの看護師から、母親教室の妊婦から、認知症の予防教室にやってくるおばあちゃんにいたるまで、ちょっとしたアイドルよ」

そういう意味かと知って、苦笑する。

どうやら及川はセンター内で働く女性職員だけにとどまらず、ここへ集まってくる子供連れの母親たちにまで、絶大な人気を誇っているらしい。

相変わらずのそのもてっぷりには、溜め息が溢《あふ》れてしまいそうだ。

「なによりあんなに話の分かる所長、今までいなかったもの。及川さんがここに着任してから、うちも嘘みたいに変わったんだから。それまでのお役所的なつまらない保健所じゃなくて、地域広場とか子育てクラブとか、老いない頭の体操クラブとか。誰でも気軽に遊びに来られるセンターにしようって、みんなでいろいろ頑張ってるし」

「そうか…」

「一ノ瀬だってそうでしょ」

「えっ、俺？」

いきなりの切り返しに、慌ててしまう。

「なによ。もしかしてまだ所長のことが苦手なの？」

及川と再会したばかりの頃、及川のあまりの変化についていけず、なるべく関わるまいと敬遠していたことを葉子には知られている。

「そ、んなことは、ないけど…」

それどころか、今はとてもとても好きな人ではあるけれど。

葉子の言葉に深い意味はないのだろうと分かっていても、こんな風に尋ねられて正直に認めるのは、ひどく気恥ずかしかった。

「そうよねー。特に最近はいつも所長と仲良くつるんでるもんね。ご飯もよく一緒に食べたりしてるみたいだし。高校の後輩とはいえ、自分たちがいくら飲みに誘っても乗ってこないって嘆いてるパートのおばさんたちから、アンタいつか刺されるかもよ」

「あはは…」

冗談まじりの葉子の言葉に、理人もふっと口元を緩めた。

「そうだな。……好きだよ」

素直な気持ちを言葉にして呟《つぶや》くと、なぜか思った以上に力が籠《こ》もってしまった。

それに照れて俯《うつむ》くと、なぜか葉子がニヤニヤとした顔でこちらを見つめているのに気付く。

「……なんだよ」

「いーえ?　別にぃ?　ただ、一ノ瀬も随分と変わったなーと思って」

「…そうか?」

「そうよ。最近は消毒液も持ち歩かなくなったみたいだしね」

そこを突っ込まれれば、苦笑するしかない。

桐島《きりしま》は、外科チームが及川を待っていると言っていたが、ここにも及川の帰りを待っている人たちがたくさんいる。自分も含めて。

そのことがなんだか今はすごく、心強かった。


閉館後の保健センターはかなり蒸し暑かった。

節電対策のため、閉館と同時にクーラーは切られ、事務所以外の電灯も消されてしまう。残った人間は窓を開けて作業を続けるしかないのだが、それも風のない日は厳しいものがある。

「じゃあ、お疲れ様ー。お先に」

「あ…、お疲れ様です」

クロも及川もいない家には戻る気にもなれず、今日も残って書庫整理の続きをしていた理人は、同じように残業していた食品課の職員に声を掛けられ、ぺこりと頭を下げた。

気が付けば事務所内はシンと静まり返っていて、ひどく静かだ。どうやらこの時間まで残っているのは、理人一人だけになったらしい。

ふと目をやれば、書類が山と積まれた及川のデスクが目に飛び込んでくる。特に今は一週間もの研修のせいで、机はいつも以上に未読の書類で一杯になっていた。

及川とここで再会してから、こんなにも顔を合わせないのは初めてだ。

ようやく金曜日を迎え、今日で及川の一週間の研修が終わりを告げた。今夜の打ち上げが済んだら、及川は明日の夕方には都内へ戻ってくる予定になっている。そう頭で分かっていても、なんだか今すぐ無性にあの声が聞きたくなって、理人は主のいないデスクへと近づいていった。

デスクの上には様々な書類が置かれていた。いつも及川が手にしている赤いボールペンを手に取ったとき、ふと理人はその脇に置かれていた見覚えのある黄色い付箋《ふせん》へ目を留めた。

「あっ…と…」

その表面になにか書かれているのに気付いて、手を伸ばした拍子に、書類の山のひとつに肘《ひじ》があたり、ざざっと音を立てて崩れ落ちてしまう。

まずいと思ったときには、書類は思い切り床にばらまかれてしまった。どうやら先々週に行った健康診断の結果表らしい。

順番どおりに並べられていたはずのそれを慌てて拾い上げようとして手を伸ばし、ぴたりと手を止める。

Ａ４サイズに印刷された結果表には、あちこちに赤いインクで小さな文字がびっしりと書き込まれていた。

一番上にあったのは、高血圧症で通院中と書かれた六十代の男性の結果表だ。『塩分と煙草は控えめに。真夏の釣りは水分を必ずとって。薬は忘れず朝晩、飲み続けること』などと、細々とした指示が書かれている。

二枚目には、高脂血症の疑い有りと書かれた五十代の主婦。『デザートはケーキよりも和菓子を中心に。残り物をもったいないからと全部食べてしまわないこと。詳しくはうちの栄養士に要相談』と。

自営業の四十代の男性には、『糖尿病は予備軍のうちに改善することが最重要。病院の世話になりたくなかったら、健康教室に一度顔を出すこと』など、ひとつひとつどこが問題で、どうすればいいのか細かなアドバイスとともに書き記されている。

少しクセのある角張ったその文字には、見覚えがあった。

……及川の字だ。

たぶん健診の結果表をとりにきた区民に渡すとき、一人一人が分かりやすいように、書き込んでおいたのだろう。

書庫整理をしている際、理人は数年前の古い健診の結果表もいくつか目にした。だがそれらはどれも注意欄にただ赤丸がついていたり、要医療などと書かれただけの、ひどく素っ気ないものばかりだった。

それとは対照的に、一枚一枚の用紙にびっしりと隙間なく書き込まれた赤い文字。

それが及川のこの仕事に対する姿勢を表しているかのように思えて、理人は思わずその結果表を握りしめた。

……ヤケなんかじゃない。

及川は投げやりになったから前の病院を辞めてきたのではなく、自分自身で決めてきたのだと、その真摯《しんし》な文字を見た瞬間、そう分かった。

『病気を診るのではなく、人を診たい』と及川はそう何度も言っていたはずなのに。自分はその言葉を本当の意味でちゃんと理解していなかった。

キャリアだとか、名声だとか。どちらの方が条件がいいだとか。そんなのは、及川にとっては関係ないのだ。

——まったく。自分だって喫煙者のくせに。どんな顔をして『煙草は控えめに』なんて書いていたのかと想像すると、思わず笑いが零れてしまう。

いつも遅くまで残って、なにをしているのかと思ったら。こんなことをしてたのか。

高校時代からずっと見つめ続けたその文字を、そっと指で辿《たど》っていく。そのとき理人は書類と一緒に滑り落ちたらしい、黄色い付箋の塊を見つけた。

拾い上げて、目を見開く。

『チキンカレー、メチャクチャうまかった。P.S. たまには手くらい繋《つな》がせろ』そう書かれた文字に、ぷっと思わず噴き出してしまう。

……まったく。あの人は…。

そのうちまた、理人に渡すなにかの書類に忍ばせるつもりでいたのだろうか。どうやらそれをすっかり忘れて研修に行ってしまったらしい男の横顔を思い出した瞬間、ふいに言葉にならない愛しさが胸を衝いて溢れた。

——及川に、ずっとここにいて欲しい。

この古ぼけた小さな保健センターの、地域広場や、喫煙ルーム、子育て広場のどこかにいて、いつも笑っていて欲しいと改めて強くそう思う。

人と同じ目線で話し掛けながら、目を細めて笑っている。あのしわくちゃの白衣の後ろ姿が、無性に恋しくて仕方なかった。

そしてなにより……自分の傍にいて欲しかった。

及川に、いなくなられたら困る。とても困る。

今だって——たった一週間、あの低い声や、小さく覗く八重歯を目にすることができないだけで、こんなにも息が詰まりそうなくらい苦しくなっているのだから。

同時に、クロのことも考えずにはいられなかった。

家に帰るたび、大きくブンブンと尻尾を振って出迎えてくれたあの黒い瞳を思い出すと、胸が捩《よじ》れて息がつまりそうになる。

一緒に過ごした時間は、ほんの数か月程度のことなのに。

その短い時間で、及川もクロも理人の中では、すでになくてはならないくらいの存在になっていることに、今更ながらに気付かされる。

母が再婚して家を出たあと、理人はずっと一人で生活してきた。それでなにかがもの足りないと感じたことなど一度もなかったのに、今では胸のちょうどまん中に、大きな穴がぽっかりと空いて塞がらないままだ。

誰かのために食事を作ったり、早く家に帰ろうと気にかけたり。そんな風に、ささやかで面倒くさい毎日が、いつの間にか恋しくて恋しくてたまらなくなっている。

「……っ」

——及川と会いたい。会って、そしてクロの話がしたい。

月明かりの下、二人と一匹の不揃いの影を、追いかけるようにのんびりと河原を歩いた。あのささやかな時間が、どれだけ幸せだったか。

失いそうになってからそのことを思い知っている。

どちらがいい条件だとか。なにが相手の幸せなのかとか。

そんなものを自分や周りの勝手な尺度で決めつけて、押しつけたとしても意味なんてないのに。

理人は散らばった用紙を拾い集めて及川のデスクに並べ直すと、慌てて帰り支度を始めた。今すぐに、及川の声が聞きたかった。

センターの扉をくぐると同時に、マナーモードにしていた携帯を開く。

だが及川の番号を探し出す前に、画面にいくつもの着信サインがあるのを見つけて、首を傾げる。

着信は全て岡崎《おかざき》動物病院からのものだった。履歴を辿れば、一時間ほど前から三、四回、繰り返しかけてくれているのがわかる。

なんだか嫌な予感がして急いでかけ直すと、ワンコールで電話は繋がった。

名を名乗ると、受付にいつもいる女性が『少々お待ちください。今、先生に代わりますので』とすぐに岡崎へと繋いでくれる。

『ああ、一ノ瀬君？　突然連絡して申し訳ない』

「いえ、こちらこそ電話に気が付かなくてすみません。さっきまで職場にいたので…。あの、どうかしたんですか？　なにかあったんですか？」

『実は、クロさんのことなんだけど…』

岡崎がクロの名前を口にした瞬間、嫌な予感が的中した気がして、息を飲む。

「クロさんが……どうかしたんですか？」

『どうやら山田《やまだ》さんご夫婦がこちらに診察へ連れてくる途中で、突然リードをふりきっていなくなってしまったらしいんだ。それで、もしかしたら一ノ瀬君の家の方に行ってないかと思ってね』

「え……」

岡崎の言葉に、携帯を握りしめたまま理人はその場で立ち竦《すく》んだ。

センターから家まで走り続けてきたせいで、理人が家に辿り着いたときにはすっかり息が切れていた。

シャツが汗で貼り付いて気持ちが悪かったが、それにも構わず理人は門扉を開けると、いつもクロが寝ていたはずの庭へと回り込んだ。

だがそこにクロの姿はなかった。よしずを立て掛けられた小さな庭は、主をなくしたように閑散としたままだ。

「クロさん？　クロさん？」

声を掛けながら、家の裏手にも回ってみる。それでもあの艶《つや》やかな黒い毛並みは、どこにも見当たらない。

……どうしよう。クロがいない。

病院から理人の家までそれなりに距離がある。どこで山田夫妻がクロを見失ったかは知らないが、病院からの道の途中には大きな国道のバイパスが走っており、犬一匹が簡単に渡れるような広さではないはずだ。

それにクロは足を引きずっている。あの足ではそう遠くまで行けないだろう。

もう一度、岡崎の病院に電話をしてみたが、やはりそちらでもクロは見つかっていないという。夫妻も岡崎も必死になってあたりを捜してくれているようだったが、すでに外が暗いこともあって、簡単には見つからないようだった。

見つかり次第、こちらにもすぐ連絡を入れてもらえるように念を押してから、理人は再び家を出た。

「クロさん。クロさん！」

もしかしたら……という気持ちで、よくクロと及川が散歩していたコースを、目を凝らしながら歩いて行く。いつもの河原に出たところで、犬を連れた散歩中の人を見つけ、理人は思い切って自分から声を掛けてみた。

「あの……すみません。このあたりで黒いラブラドールを見かけませんでしたか？　赤い首輪をしていて、足を少し引きずって歩いているはずなんですが…」

だが返事は芳しくなく、『見ていない』と首を振られてしまう。

白い犬を連れていた年配の男性には、『なに？　お兄さんちの子、迷子になっちゃったの？　そりゃ心配だねぇ』とひどく同情されてしまった。

もし散歩中にどこかで見かけたら、是非連絡をして欲しいと名刺を渡して、河原を歩いて行く。だが葦《あし》が伸び、日の落ちた河原は見通しが悪く、簡単には見分けがつきそうにもなかった。

それでも理人は諦《あきら》めきれずに、クロの名を呼びながら彼が寄りそうな柱の陰や、小さな公園などをひとつひとつ虱潰《しらみつぶ》しに覗いていった。

――もし。もしも……このままクロが見つからなかったら。

もし事故にでも巻き込まれていたら。

やめよう、やめようと思っても、嫌な考えばかりが脳裏に浮かんで、理人の喉元《のどもと》をキリキリと締め上げていく。

それが苦しくて、ネクタイを緩めながら歩き出すと、ぶるっと手の中の携帯が震え出した。

「もしもし！」

『……理人？』

表示された名前も見ずに勢いいさんで通話ボタンを押してしまったが、どうやら電話の相手は岡崎ではなかったらしい。

『悪い。何度か電話をくれてたんだな。こっちの建物、電波が悪くて……』

「……及川さん…」

聞き慣れた低い声に、理人は全身からどっと力が抜けていくのを感じて、その場に立ち尽くした。

『理人？　どうかしたのか？』

「先輩……どうしよう…」

『なんだ。なにかあったのか？』

及川の声を耳にした瞬間、それまで堪えていた不安がいっきに溢れ出した。

「…俺のせいです。……俺のせいで…クロさんが…」

『理人。落ち着け。まずは大きく深呼吸してから、一つずつ説明するんだ』

「俺が……無理矢理、クロさんを連れて行ったりしたから…っ」

震える声で、及川に尋ねられるまま、これまでの経緯を説明する。

先日、山田夫妻と面談し、クロを預けようと決めて引き渡したこと。それから今日、岡崎から突然電話があって、クロがいなくなって数時間経っても見つけられないでいることも。

『そうか…』

説明している間に、なぜか過去の出来事が繰り返し脳裏を駆け巡っていく。

クロを及川とともに家に連れ帰った日のこと。

初めてその頭に触れさせてもらったときの、優しい手触り。理人が話し掛けるたび、じっとこちらを見つめていた優しい黒い瞳。

そして理人から山田夫妻へリードを手渡されたときの、寂しそうな横顔も。

何度も何度もこちらを振り返っては、車に乗り込んでいったあの後ろ姿が、今も忘れられない。

――どうしよう。あれがもし、最後に見たクロの姿になったりしたら。

こんなことなら、いっそクロを手放さなければよかったと後悔しても、もう遅い。

及川の言うとおりだ。後悔というのは、後からどうしようもなく悔いるものであり、そして気付いたときにはもう取り返しがつかないのだ。

『理人』

だがそんな理人の焦りと不安を感じ取ったかのように、及川は静かな声で、強く名を呼んだ。

『お前は、今どこにいるんだ?』

「うちの近くの公園です。ずっとあちこち捜してるんですけど、外は暗いし、見当たらなくて…。もう一度、これから河原に行ってみます。もし川の淵にでも落ちたりしたら…」

こうしている間にも、クロが川で溺《おぼ》れていないか、車に轢《ひ》かれそうになっていないか、そんなことばかり考えてしまう。

だが及川はそんな理人に言い聞かせるように、その先を遮った。

『理人。お前はまず家に戻って、岡崎からの連絡を待つんだ』

「でもそれじゃ…」

『いいから聞けよ。こんな時間に河原を闇雲に捜して歩いたところで、今度はお前がケガするか、落ちて溺れるだけだ。朝まで待った方がいい。それにもしかしたら、ひょっこりクロさんが家に帰ってくるかもしれないだろう？　そのとき、お前が家にいなかったらどうするんだ？』

まるで小さな子供に言い聞かせるみたいに、ゆっくりと丁寧な声で話し掛けられる。

「そう…ですね…」

『クロさんなら大丈夫だ。すごく慎重だし頭もいい。今はもう暗いから、どこかでじっとしてるだけかもしれない。どちらにせよ無理はしないはずだ。だからお前も、変なことは考えるな』

きっぱりとした声に、理人はふっと肩から力を抜くと、『…はい』と頷いた。

単純かもしれないが、及川の落ち着いた声で『大丈夫だ』と言われると、本当に大丈夫のような気がしてきた。

——そうだ。自分が取り乱している場合じゃない。しっかりしないと。

医師としてこれまでたくさんの修羅場をくぐり抜けてきているせいなのか、及川はこういう場面でも理人より、ずっと冷静で落ち着いている。その彼が言うのだから、きっと大丈夫だ。

安心した途端、それまで張り詰めていた緊張がいっきに解けだしたらしい。

目の前の景色がじわりと滲《にじ》んできたのに気付いて、慌てて理人はぐいと手の甲で顔を拭《ぬぐ》った。

家に向かって、ゆっくりとした速度で歩き出す。

「取り乱したりして……すみません」

鼻を啜《すす》りながら謝ると、携帯の向こうで及川が小さく笑った気配がした。

『ほらな？　やっぱり俺がいないと泣くだろ？』

落ち込む理人を元気づけるためなのか、わざと茶化してくる及川に、理人は苦笑を零すと、もう一度小さく鼻を啜った。

「そうですよ。俺は……先輩がいないと駄目なんです」

理人の反応が予想外のものだったのか、電話の向こうで一瞬、及川が黙り込む気配がした。

「だから……明日は、なるべく早く帰ってきてください。……早く会いたい。会って……及川さんにたくさん話したいことがあるんです」

珍しく、素直な気持ちで言葉を続ける。いつも全身で愛情を伝えてきてくれた、クロのように。

及川はしばらく電話の向こうで黙り込んでいたが、やがてなぜか『…クソ』と小さな声で毒づいた。

『理人……お前。お前なー』

「…なんです？」

『そういうのはさ、電話で言うんじゃなくて、面と向かってるときに言えよ…。今そこに俺がいないのが、無茶苦茶悔しくなっただろうが』

自分こそ、言いたいことを付箋に書いて渡してきたりするくせに。

本気で悔しそうにぼやく及川に、思わず噴き出してしまう。

だがちょうど家の前の角を曲がったところで、今度は理人の方が言葉を失った。

『理人？　おい、どうかしたのか？』

及川の声が、どこか遠くで聞こえてくる。

玄関先に、見慣れた黒くて大きな塊がのんびりと寝そべっている。

まさか。まさかあれは——。

「……クロさん？」

理人の声が聞こえたのか、すっとその場で立ち上がったクロは、理人と目が合うと嬉《うれ》しそうにその尻尾を大きく振った。


「理人。おい！　クロさんは？」

「え……？　……及川さん？」

次の日の朝、まだ新聞屋が新聞配達を終えきらないような時間に、どんどんと玄関を激しく叩《たた》く音がした。

こんな早朝になにごとかと寝ぼけ眼で階段を下り、玄関の扉を開けた途端、そこにいるはずのない人物の姿を見つけて目を見開く。

「なんで……、及川さんが、ここにいるんですか？」

「お前が早く帰ってこいって言ったんだろうが」

たしかに昨夜、そう伝えたのは理人だ。

だがそれにしたって早すぎるだろう。まだ始発の電車すら動いていない時刻だ。

「ちょ、ちょっと待ってください。それにどうやってここまで…」

石川《いしかわ》県からここまで、こんなに短時間でどうやって戻ってきたのか尋ねると、及川はあっさり『レンタカーで』と答えた。

どうやら及川は昨夜、理人との電話を終えたあとまっすぐレンタカーショップへ行き、車を借りるとほぼ一睡もせず、七時間近くかけて自力で運転して帰ってきたらしい。

「そんな無理しなくても……朝まで待てば、新幹線とか、バスとかあったんじゃ…」

「お前とクロさんが大変なときに、悠長に始発なんか待ってられるかよ」

そう言ってズカズカと上がり込んできた及川は、玄関マットの上で尻尾を振っていたクロの前で膝をついた。

「それで？　ケガはしてなかったのか？」

「特にケガとかはしてないみたいで…」

「そうか…。……クロさん、えらかったなぁ。迷わずちゃんと辿り着いたかー」

言いながら及川はクロの耳を両手で摑《つか》んで、わしゃわしゃとかき混ぜている。

クロも久しぶりに及川と顔を合わせたのが嬉しかったのか、及川に飛びかかるようにして顔を激しく舐《な》め始めた。

研修だったせいか、珍しくも及川は高そうなスーツを身につけていた。それもすでに皺《しわ》が寄ってぐちゃぐちゃだったが、及川は気にせずにクロとじゃれあっている。

その気持ちは、理人もよく分かる気がした。

昨夜、玄関先にいたクロは、理人を見つけると、嬉しそうに尻尾を振りながら『ワン』と初めて大きな声で鳴いた。

それがまるで『ちゃんと帰ってこられたよ。褒めて？』と言っているようにも聞こえて、理人としてはもう怒っていいのか、笑っていいのか分からずに、顔をくしゃくしゃにしながら、その首に抱きつくのが精一杯だった。

「岡崎には連絡したのか？」

「はい。昨夜のうちに」

岡崎へはクロが見つかったあとにすぐ連絡を入れた。山田夫妻にも心配を掛けてしまったことを詫《わ》び、事情を説明した。

「それと……クロさんのことも。今更ですけど、できたらこのままうちで面倒を見ていきたいことを伝えました」

理人の身勝手な申し出に対し、山田夫妻は『その方がクロさんは嬉しいかもしれないね。ともかく無事でよかった』と快く頷いてくれた。

それどころか自分たちの監督不行き届きで、クロを迷子にしてしまったことに対しての丁寧な謝罪まで受けてしまい、かえって恐縮したほどだ。

「それで、また及川さんにも色々と迷惑を掛けてしまうかと思うんですけど…」

「迷惑ってなにが？」

「散歩とか、俺の代わりにクロさんのご飯をあげてもらったりだとか…。クロさんが体調を崩したりしたら、俺はまたきっと取り乱したりするでしょうし…」

「はぁ？　もしかしてお前、そんなこと気にしてたのか？　そんなの別に迷惑でもなんでもないだろうが。だいたい最初にクロさんを押しつけたのは俺だぞ」

あっさりと言い切られて苦笑する。一応押しつけたという自覚は、あったらしい。

そのおかげで、大事なものが増えたことを思えば、あのときの及川の判断は正しかったのだろう。

及川やクロと過ごすようになって、理人の生活は劇的に変化した。

一人きりの生活では決して知ることのなかった心配事や、気苦労も増えた。

けれども――その倍以上に、日々にはたくさんの喜びと笑いが溢れた。

ふと『そうやって苦労するだけの価値がある』と言っていた葉子の言葉を思い出す。たぶん、そのとおりだ。

及川は理人の願いを聞いて、こうして戻ってきてくれた。彼ならきっとそれを苦労だとは思わないに違いなかった。

髪を乱し、高そうなスーツもしわくちゃにして。真夜中の高速を飛ばして。

研修で疲れ切っているはずなのに。

――これを愛情と呼ばずに、なにをそれと呼ぶのだろう？

理人は胸の熱さに急かされるようにして、しゃがんだままの及川の背に自分からきゅっと抱きついた。

「…お、おい。理人？　どうした？」

珍しく理人の方から抱きついてきたことに驚いたのか、大きな背中が一瞬、揺れる。

「……行かないでください」

呟きは掠《かす》れて、小さく震えていた。

それでも後悔は、もう二度としたくなかった。

「……は？　ちょっと待て。行くって一体どこへ…」

桐島には申し訳ないが、無理だ。

それが及川のためだと言われても、高校時代のときのように去っていく彼をただじっと見送るなんて真似《まね》は、もうしたくなかった。

「京都《きょうと》になんか戻らないで……ずっとここにいてください。先輩がいてくれないと、ダメなんです。俺もクロさんも…」

及川が、もしここからいなくなったら。

自分は胸の真ん中の一番大事な部分に、ぽっかりと大きな穴を空けたまま生きていくことになる。その穴を、塞ぐこともできずに。

無理をして、その人の幸せのためならとできもしない意地を張って。そうしてあとから悔いて嘆くくらいなら、身勝手で我儘《わがまま》だと思われてもいいと思った。

だがそんな理人の切なる願いを耳にして、驚いたように及川は振り返った。

「だから、ちょっと待てって。……あのな。言っただろ？　俺は俺の心に従って今ここにいるんだよ。今更、どこにも行く気なんかないっつーの。……お前に引き抜きのことを話さなかったのは、まったくもってその気がなかったからだ。もうとっくに断ったつもりの話だったしな」

言いながら及川は背中から回っていた理人の腕をそっと外すと、理人と直接向き合うように、その位置を変えた。

「桐島になにを言われたかは知らないけどな。どうして俺が、大学病院に戻るなんて思ったんだ?」

「……桐島さんは、及川さんが腑抜《ふぬ》けになったって言ってました。及川さんらしくないって……」

だから理人も、及川が……もしかしたら無理をしているのではないかと、一瞬だけそう思ったのだ。あの結果表を目にしたとき、そうじゃないと気が付いたけれど。

理人の言葉に、及川はピンと来たらしく『ああ、なるほどなぁ』と頷いた。

「実はこの前、岡崎にも似たようなこと言われたよ。お前、最近すげーやに下がってるぞって。……そんなに見て分かるくらい、俺って今、ニヤニヤしてるのかねぇ?」

「俺には……よく分かりません……」

だって、再会してからの及川はいつも明るく笑っていた。楽しそうに、目を細めて。

理人はそんな及川にものすごく心惹かれたが、それが本来の及川らしくない、無理をしていると言われても、判断がつきそうになかった。

だが、及川はなぜかどこか照れたような顔つきで口元を手で押さえると、はぁと肩で息を吐きだした。

「あー。……多分俺、自分で思ってる以上に浮かれてんだろうな。……つーか、それな。半分はお前のせいだからな?」

「お、俺?」

「なんつーか、もういろいろ一杯一杯っていうか、溢れそうっていうか」

「どういう、意味ですか…？」

「たとえばこの前お前が作ってくれた、あのチキンカレー。すっごい好みの辛さでメチャクチャうまくてさ。お前、辛いの苦手だって言ってたのに、たぶんこれって俺のためだけに作ってくれたんだろうなーとか思ったら、なんかもう、わーって叫びたくなるっつーか。……あんな風に、自分のためだけになにかしてもらったことって、昔からあんまりなかったからなぁ」

「……」

　どこか遠い目をして語る及川に、理人は一瞬声をかけるのを忘れた。

「でも俺としては、お前がいつも作る甘いカレーもすげー好きなんだよ。なんつーか優しい味で、一緒に食べてると、ここんとこがきゅうってなるっていうか」

　及川は自分の胸のあたりを手のひらで押さえると、『ほらな？　お前のせいだろ』と小さく笑った。

　そんなことを理人のせいだと言われても、困る。困ってしまう。

　心臓の鼓動が、どくどくといきなり激しく動き出す。

「……及川さんは、……俺にはもうあんまり、興味がないのかと思ってました…」

「はぁ？　それこそなんでだよ？」

　呆然《ぼうぜん》としたまま呟くと、及川はそれこそ心外だという顔をしてみせた。

「だって。及川さん……泊まっていかないじゃないですか」

「……なに？」

「外ではふざけて抱きついてきたりもするのに。家の中だと、まったく触らないし、あれから一度も泊まったりもしないし…。俺は男だし、もしかして、そ、そんなにも一度目がつまらなかったのかなって、普通、そう思うじゃないですか」

情けないことを口にしているのは、分かっていた。

でもそれはずっと、心のどこかで引っかかりを覚えていたことだ。今ここで聞かなかったら、きっとまた聞けなくなるのは目に見えていた。

俯きながらも呟くと、唖然《あぜん》とした様子で聞いていた及川は、やがてなぜかひどく疲れた様子で、『はあぁぁ』と腹の底から深い溜め息を吐きだした。

「なんだか俺、今ものすごーく頑張ってた努力を、全て水の泡にされたというか、裏目に出てたのを見せつけられたような気分だ…」

「努力って……なんのですか」

「いやだって。お前、慣れてないだろうが。人に触れるのとか、そういうつきあい方も」

「……慣れてないと、ダメってことですか？」

意味が分からなくて尋ねると、及川は『バカ。そうじゃないって』と目を細めて笑った。

――あ。

それは理人の好きな笑い方だった。ちょっとだけ困ったような、弱ったような。『仕方がないな』というような、愛情に溢れた優しい微笑《ほほえ》み。

「ゆっくり行こうって、そう思ってたんだよ。俺としては、お前につけこんじゃったなーって自覚があったしな」

「……つけこんだ？」

「んー…。お前に告白されて、告白して。そのままテンパって、いっきに最後までコトを進めちゃっただろ？　そういうのって……なんつーか、まっさらな相手につけこんで、いけないことを教え込む犯罪者の気分というか」

及川の言葉に、目の前が一瞬、ちりっと赤くなった。

「……殴りますよ」

「…殴ってから言うなよ」

次の瞬間、思わずぐーで及川の肩のあたりを強く叩いた理人に、及川は『遠慮ねーな』とぼそりと呟く。

「じゃ、じゃあ、俺があなたとつきあってるのは、あなたに騙《だま》されてるからだとでも言うんですか！」

「いや、騙すとまでは言ってないけどな…。だけど、やっぱりつけこんだなーって自覚はあるよ。それになによりお前には、とっかえひっかえだった高校時代も知られてるしな」

過去の自分を自嘲《じちょう》するかのように、及川はニヒルな笑みを口元に浮かべると、よいしょと立ち上がった。

「だからさ、一からゆっくりやり直そうかと思ってたんだよな。一緒にいる時間を増やして、メシを食ったりデートしたり。こう…手を繋いだりとか、そういうところからやり直して、だんだん俺に慣れていってくれたらいいなぁと」

「……そんなの…もうとっくに、慣れてます」

「そうか？　でもお前、俺が触るたび、こう、びくーってなるじゃんか。手を繋ごうとしても嫌がられるし。近寄るなとか言い出すし」

「そ、それは…っ」

「好きな子に、そういう態度とられたら俺だってへこむし、慎重にもなるだろ」

……そうか。及川はいつも笑っていたけれど、その下で本当はちょっとだけ……傷付いていたのか。

そう思ったら、なぜか胸の奥が痺《しび》れるように切なくなった。

「あれは……違います。……俺はあなたといると、すごい緊張するんです。仕方ないでしょう？　どれだけ俺が好きだと思ってるんですか…っ。職場だろうとなんだろうと、あなたに触られたらメロメロになるに決まってます。だから、少しは離れて欲しいって言ったんです」

握りしめた手のひらが、ぶるぶると震え出す。

こんな恥ずかしい告白を、今更、本人の前で改めてする羽目になるとは思わなかった。だがそのせいで『嫌がられてる』なんて誤解を及川に与えるくらいなら、どれだけ恥ずかしかろうとも構わなかった。

案の定、及川はぽかんとした顔で理人の告白を聞いている。

それに耳まで赤くなりながら、理人はさらに続けた。

「俺は……もともと男しか好きになれないんだし、もし仮にバレたとしても、知り合いも少ないですから、どうでもいいです。でも、及川さんは困るでしょう？　うちの所長で、みんなの憧れで…」

「俺も別に気にしないんだけど…」

「あなたはもう少し、気にしてください！」

こんな調子じゃ、本当にいつか職場でもバレそうで恐い。

「俺は……あなたの言うとおり色々と慣れてないので、言葉とか態度とか、色々と足りてないかもしれません。それでも……好きな人に触られて嫌だなんて思ったことはありません」

「ん。分かった。じゃあ、今から抱っこしてもいいか？」

「……っ」

両手を広げて、満面の笑みを浮かべたまま、そんなこと聞かないで欲しい。

だがここでためらっては、またこれまでの二の舞になりかねない。理人はきゅっと唇を嚙《か》むと、クロを見習って自分から及川の胸に頭を擦りつけるようにして、おずおずとその腕の中に収まった。

及川が静かに笑っている気配が、その胸と腕から伝わってくる。

「いちいち……そんなの聞かなくても、触りたいときに触ってくれていいです」

「本当に？」

「職場では……別ですけど」

それだけはできれば控えて欲しくて呟くと、及川は『わかった。なるべく我慢する』とまるで修行僧のような面持ちで、宣言した。

「でも俺だってなぁ、一応これまでは、色々とセーブしてたんだぞ？」

理人の腰を抱いたまま、ふうと溜め息交じりに続けた及川に首を傾げる。

「別に、職場とかでなければ…。っていうか、なんでセーブする必要があるんですか？」

「あー。なんて言えばいいのかなー……。そうしないと、色々ヤバそうっていうか…」

珍しく言葉尻を濁した及川が、なにに一体困っているのかよく分からない。

理人がじっと見つめたまま、言葉の先を待っていると、及川はやがて観念したように肩で息を吐きだした。

「俺は多分、お前のことを舐め尽くせる自信がある」

「……はい？」

――あまりにもさらりと言われたので、一瞬、なにかの聞き間違いかと思った。

「いや、舐め尽くすっていうより、喰い尽くすっていう方が近いのか？　なんかお前見てると、ときどき本気でヤバいなーと思うんだよなー…。あちこち口に入れてみたいっつーか、弄《いじ》り倒したいっていうか」

「……ど、どこ…を、ですか？」

だがはっきりそう言い直されて、それが間違いなどではないと思い知った。

「ん。全部」

――全部って、だからどこの話だ。

さらに詳しく聞く勇気はなかったが、及川がどうやらそれを本気で言っているらしいということだけは、なんとなく理解した。

相も変わらず爽《さわ》やかな顔をして、とんでもないことを言い出す男だ。

「でも、がっついたら引かれるかもなーと思ってたから、お前がせめて俺に慣れるまで、いろいろと遠慮してたんだよ。これでも」

つまりそれが、あれ以来及川が理人の家に泊まらずにいた理由だったらしい。

問い詰めてみれば、実にくだらなくて甘ったるい理由に、理人としては怒ればいいのか呆《あき》れればいいのか、本気で悩みたくなってくる。

「……そんな理由…」

「え。これ結構、切実な話なんだけど…」

「こっちは、どうして泊まっていかないんだろうかとか。……一度してみたら、男相手じゃやっぱりそんなによくなくて、その気が失せたんじゃないかとか、もうありとあらゆる余計な心配をしてたっていうのに…」

思わずぼやく理人の話を聞きながら、及川は唇の両端をあげると『そうか。そりゃ悪かったなー』と謝罪した。

「……謝りながらニヤニヤするの、やめてもらえませんか。なんだかものすごく腹が立つので」

「えー。でもなんか俺、今すごい愛されてるなーって気がして嬉しくなったんだけど」

「……そのとおりですけど。それがなにか?」

「……」

「ちょっと。そこで真っ赤になって黙るのもやめてください。……こっちのほうが恥ずかしくなります」

自分だって、平気でいつも恥ずかしい言葉をぽろぽろ口にしたりするくせに。

理人が告白じみた言葉を口にするたび、及川はたまらない顔をしてみせる。

「やべー。どうしよう。……俺、お前のことやっぱりすげー好きだわ」

いつもの飄々《ひょうひょう》としている姿が嘘のように、赤い顔をして口元を押さえながら、そんなことを呟く及川に、理人の方こそ恥ずかしくて嬉しくて、なんだか泣けてきそうになる。

「……俺もです。だから、セーブなんてしなくていいです」

その気持ちに急かされるように、理人は自分から及川の首に手を回すと、ぎゅっときつく抱きついた。


二度目のセックスは、一度目のときよりも荒々しかった。

理人の方も欲しがっているのだと、及川にはすでに知られてしまっているからだろうか。

及川は飢えたような視線を隠すこともせず、理人の服を脱がすのももどかしそうに、服の隙間からあちこちに手を突っ込んでは身体中に触れてきた。

今までとは打って変わった遠慮のない手つきに、背筋がぶるりと震えそうになる。

服の下で窮屈そうに、けれど激しく這《は》い回る手のひらに、珍しくも及川の余裕のなさを感じて、頭の中が熱く痺れた。

「……理人…。理人」

色っぽい声で繰り返し名を呼ばれると、それだけで理人は腰から砕け落ちていきそうになってしまう。

そんな理人を切ないような眼差しで見つめ、及川は理人の全身に手を這わせていく。

指先も、胸も、腹も。その手で確かめるように撫《な》でられながら、服を脱ぎ落とし、理人の部屋のベッドへとなだれ込んだときには、すでに二人とも息があがっていた。

「は……」

手早く自分の服も脱ぎ落とした後、及川は焦れたように理人の上に重なってきた。

素肌と素肌の擦れあう感触がたまらなく心地いい。

実際に及川とこうして触れあうまで、理人は人の肌というものが、こんなにもさらりとして熱いものだということすら、知らなかった。

さらりとした感触が次第に汗を帯びて、しっとりと手のひらに吸い付くようになっていく。

その過程がすごくエロティックだ。

「ん…」

もっとキスをして欲しくて、理人は覆い被さってくる及川を自分の腕で引き寄せた。

震える舌をそっと差し入れると、それ以上の強さで強く舌を搦《から》め捕《と》られ、きつく吸われる。

「あ…、ん…っ」

ふいに、きゅっと胸の先端を指先で強く摘まれて、身を捩《よじ》る。

自分でも予期しなかった甘い声が出てしまい、理人は真っ赤になって口元を押さえた。

どうせ及川は、またニヤニヤしながら自分を見下ろしているに違いない。そう思って恐る恐る目をやると、なぜか恐い顔をした及川と目が合って息を飲む。

「理人…」

切羽詰まった顔をして再び覆い被さってきた及川は、理人の吐きだす呼吸まで吸い尽くすかのように深く唇を合わせてきた。

「あ…、待っ…、そこは、……及川さ…っ」

そこからはもう、嵐のようだった。

『お前見てると、いろいろ舐めたくて仕方がなくなる』とそう話していたとおり、及川は理人のあちこちに唇を這わせてきた。それはもう、ありとあらゆる場所を。

理人がいい反応を示す場所はもちろん、『そ、そんなところ…っ』と、真っ赤になって涙目で訴えたくなるような場所までも。

ときどきは、軽く歯も立てられた。きつく嚙まれるわけではなかったけれど、甘やかな愛撫《あいぶ》の合間に、突然ぴりっと走り抜ける刺激が恐いくらいの刺激となって、理人をさらに乱れさせていく。

「理人。膝のここ、持ってて」

押し上げられた膝を、自分で抱えているように指示され、首を振る。

「……そ、そんな、の…無理」

「じゃないと、ちゃんと奥まで舐めてやれない」

なら、そんなところまで舐めなくていいと言いたいのに、言葉が喉の奥に貼り付いたように出てこなかった。

及川の触りたいときに、触りたい場所へ好きに触っていいのだと、そう約束したのは理人自身だ。今更、それを覆すなんてできない。

「理人…」

耳たぶに軽く歯をたてられながら、ねだるように名を呼ばれ、ずるいと思った。

及川はどうすれば理人が言うことを聞くかを知っている。その声に逆らえないと知りながら、甘くねだってくるなんて卑怯《ひきょう》だ。

それでも結局、理人は目をぎゅっと強く瞑《つむ》ると、及川に指示されたとおり震える手で自分の膝を支えた。

「……っ」

自分が及川の前でどういう姿を晒《さら》しているのか考えたら、それだけで脳みそが沸騰しそうだ。

ぎゅっと目を瞑った視界の向こうで、こくりと唾《つば》を飲むような音がしたのは気のせいだろうか。

「あ…、あぁ……っ」

やがて及川は、理人のそこへと顔を伏せてきた。熱い息がかかると同時に、器用な指先で濡れ始めていた先端を弄られ、身悶《みもだ》える。

つつ…と指先で、敏感な周辺を丹念に撫でられ、理人は息を止めて身を捩った。

「あ……あ、そん…な、そんな…の」

無理だと思っていたことを、やすやすと施されてしまう。こんなときに、及川の指先はとんでもなく器用であることを思い知らされる。

熱い舌と交互にそうっと入り込んできた指先は、まだ狭い入り口を確かめるように、ゆっくりと中で蠢《うごめ》き始めた。

熱い息が零れる。目を瞑っているのに、今、そこでなにをされているのか、痛いほど感じてしまう。

「は……、や。及川さ…、待って、及川さん…っ」

「違うだろ…？」

言いながら、意地悪く中で指の動きを変えられた。

こんなときの及川は少しだけ意地悪で、理人がちゃんと及川の望むとおりのことが言えるまで、その指先を休めてくれない。

「先輩……っ、映《えい》、先輩」

「ん」

囁《ささや》くと、よくできましたというように指の動きを速められた。中の、震えがとまらない一点を集中して押され、声も出なくなる。

キスをしながら指先で指先を愛撫されたときと同じように、何度も身体の奥までじっくりと弄られる。深いところをその器用な指先で愛されると、もう駄目だった。

まるで自分の中身が、蕩《とろ》けるプリンにでもなったみたいに、全身がとろりと崩れ落ちるのが分かる。

「あ、ダメ…。それダメです…っ。だめって…」

中をじっくり弄られながら、太股《ふともも》の付け根の皮膚の薄い部分にカリリと歯を立てられた瞬間、駄目だと思った。

「ヤダ。も…おかしくなる…っ」

「なに？　……もうイキそう？」

尋ねられて、こくこくと頷く。

「そこ、もう…無理…っ」

今、不用意な刺激を加えられたら、あっさりと終わってしまいそうで恐かった。

「理人？　ここ、弄られるのは嫌なのか？　……言わないと分かんないだろ？」

「や…じゃ、な…」

嫌なわけじゃない。だけどそんな風に中を擦りながら、前まで舐められたら、無理だ。もう駄目だ。

「ん？」

「あ…や…、それ、やだ。それ出ちゃ…っ」

そんな風にされたら、溢れてしまう。

それが恐くて、身を捩りながら及川の首へ縋《すが》り付くと、なぜかそれまで楽しそうに理人の身体を弄り回していた及川が、ピタリとその動きを止めた。

そうして、理人の鎖骨のあたりに顔をすり寄せ、『はぁ…』と熱い溜め息を吐いてくる。

——どうしたんだろう？

「……なんか、前のときも思ったけどさ…」

「な…んで…すか」

「お前って…、基本的にエロイよな」

「な…っ」

一瞬にして、首から全身、真っ赤になった。

そんなことを、及川にだけは言われたくなかった。さっきから理人が想像もしていなかったようなエロ過ぎる行為を、やすやすと施しているのは、一体誰だ。

「へ、変なこと、言わないでくださ…っ」

「変じゃねーよ。褒めてんの」

どこがだと、目尻に涙を浮かべながら自分の真上にいる男を、じろりと見上げる。

「お前の声とか、表情とか、素直な言葉とか。そういうのに興奮しすぎて、俺が鼻血吹きそうだって話だよ。……普段はお堅い恋人が、こういうときは素直でなんでもさせてくれて、さらにエロ可愛《かわい》いとか、できすぎだろ」

どういう意見だ。

なんだかとんでもないことを言われた気がして、恥ずかしさに震えながら身を捩る。

「……このままイかせてやりたかったけど、悪い。……もう限界」

だが及川はそう口早に囁くと、やすやすとその細い腰を抱えこんだ。そうして、引き抜いた指の代わりにぐっと自身を押しあてると、理人の中へと入り込んでくる。

「……っ」

「理人、……理人」

耳元で名を呼ばれながらじりじりと押し入られ、ぞくぞくする感覚に頭を振る。

一か月ぶりに迎え入れた及川は、記憶していたものよりもずっと大きくて、熱い気がした。

息苦しさに身を捩ると、逃がさないというように耳たぶに軽く歯を立てられた。かしりと沈み込む歯の感触に、たまらず理人がきつく中の及川を締め付ける。

すると及川はふっと息を詰めた。そうしておかえしとばかりに、すぐにきつく腰を使ってくる。

「待…っ、待って…まだ…っ…」

「待てない」

無慈悲な言葉と共に激しく動き出した男は、理人の首筋に歯を立てながら、理人を追い詰めていく。すでに限界が近かった理人は、その動きであっさりと熱を解放した。

「あ……、あぁ…っ！」

同時に抱きついていた男の硬い筋肉が締まり、理人の中にも熱い液体が注ぎ込まれるのを感じる。

及川も、自分の中ですぐにイったのだとそれで分かった。

たまらなく好きな男が自分を欲しがり、自分の中で気持ちよくなってくれている。その事実に、恍惚《こうこつ》とするような幸福感が溢れ出す。

「…え…？」

今、したばかりなのに…。

「あ…、嘘……」

及川はまだ息も整わぬうちからもう一度理人の腰を抱え直すと、今度は横抱きにするようにして、再びぴったりと奥まで深く入り込んできた。

その高ぶりは、一度目と変わらず、熱く逞《たくま》しい。

「あ…あ…、あー っ、あっー…っ、あっ」

及川にあちこち触れられながら、深いところまで突かれるたび、理人は小さな『あ』を繰り返した。いろんな高さの、いろんな種類の『あ』を。

そんな理人の痴態を、及川が野獣みたいな目でずっと見ているのが分かる。

そうしてときどき理人を突く角度や、その強さを変えながらも、じっくりと理人を貪《むさぼ》っていく。

与えられ続ける甘美な苦痛に、息すらうまく継げなくなる。

密着した肌が汗で熱くぬめる。普段ならば、気持ちが悪くて仕方ないはずのその感触すらも、今はきついくらいの快感として受け止めてしまう。

「先輩…っ、映…さっ」

及川は理人の尻ごと抱え上げると、自分の膝の上に乗せるようにして、深いところまで突いてきた。

「あ…あっ、は…っ…ん。あぁ…っ」

及川にだけ許している場所を、余すところなく愛される。

深く繋がったまま貪るようなキスをされた瞬間、身体の中で及川のあたる位置が、また変化した。

「……っっ」

強すぎる快感。それが及川と繋がっているところから稲妻のように背筋を這い上り、全身に広がっていく。目尻から涙が零れ落ちていく。

同時に再び張り詰めていた前からも、とくりと蜜が甘く溢れだした。

「理人……」

理人が身を震わせながら達している間も、及川の力強い腰の動きは止まらなかった。

腹の上に吐きだされたその蜜を指先で掬《すく》い上げ、及川はそれをぺろりと舌で舐めとってしまう。

その淫猥《いんわい》で色っぽい光景に……また、とろりとした蜜が前から零れだす。

そうしてそのまま理人の意識が沈み込むまで、及川は文字どおり理人を舐めつくし、同時に理人もまた及川を貪り続けた。

……どこかで鳥の声が鳴いている。

及川とベッドへ移動したあと、どろどろに蕩けるまで抱き合い、意識を失うようにして再び眠りについた。

そして次に目が覚めたときには、もうすっかり太陽は頭上に上りきっていた。

窓の外から溢れてくる光の強さに目を細め、理人は起き上がろうとして……その数秒後、無駄な努力を放棄する。

……嘘だろう。

思わずそう呟きたくなるほど、身体に力が入らなかった。腰から下は特に重点的に。

その上、指や舌だけでなく及川自身にさんざん好きに出入りを許したところが、じんじんと熱く痺れて、いまだになにかが挟まっているような気さえする。

指先は痺れて、感覚が鈍い。おまけに爪先までなにかどろりとした甘い液体を流し込まれたみたいに、全身が重たかった。

及川が、『これでも色々と手加減してる』と言った言葉の意味が、今更にして分かったような気がする…。

――手加減なしだと、あんな風になるのか。

途中で、何度も壊れてしまうかもしれないと思った。気持ちがよすぎても涙が出ることがあるなんてことも、生まれて初めて知ってしまった。

及川のことを深く迎え入れたまま、何度も突かれて、声を上げてよがって。一番奥でその欲望を受け止めて。

それでも飽きたらずに、もう一度欲しがられて……。

その後も求められるまま及川の好きなようにされてしまったが、最後の方のことは、もはやあまり覚えていない。

思い出すだけで顔がかぁーっと火照ってきてしまい、理人がジタバタと身悶えながら身体の向きを変えると、すぐ隣で静かに寝入っていた男の横顔が見えて息を飲む。

「……っ」

及川が、静かに寝ていた。

自分の隣で。その手足を理人の身体に絡めるようにして。

高校時代のときと同じ、すうすうと穏やかな寝息に喉が詰まった。

今にもよだれを垂らしそうな、半開きの唇。

昨夜、眠りにつくまで飽きることなく何度も繰り返しキスを交わしたそれに、またじわり…と言葉にできない愛しさがこみ上げてくる。

「…ん…」

しばらくじっと見入っていると、ふと理人の視線を感じたのか、寝ぼけ眼の目がうっすらと開かれていく。

切れ長で、いつもキラキラと輝いている黒い瞳がこちらを見つめた。

「……理人…？」

及川はそこにいる理人を確認すると、蕩けそうな顔でふにゃらと笑った。

その幸せそうな顔に、喉の奥が焼け付くようにカッと熱くなる。

「……たしかに、ニヤけてるのかも」

「んー…？」

理人にとって及川のそうした笑みは、麻薬のように甘く、胸がしめつけられそうなほど恋しいものだったが、他人から見ればたしかに腑抜けているようにしか見えないのかもしれない。

でも、恋は病というぐらいだ。

少しぐらい魂が抜かれてしまったとしても、仕方ないだろう。

「なんだ？　……もしかして、桐島の話か？」

桐島は、本気で及川を取り戻したがっていた。自分に頭まで下げて。

それを思うと少しだけ申し訳ない気持ちがこみ上げてくる。それでも及川とこうして、息が触れるくらいの距離でいられる今を、手放したくはなかった。

もしいつか、及川の気が変わって大学病院に戻りたいと思う日が来たら、そのときは自分の方が追いかけていくことになるだろう。もちろん、クロも一緒に。

「まあ……大学や、病院にいた頃の俺は、たしかに勉強と仕事しかなかったからな。そういうの見てたアイツからすれば、そう見えるのかもな…」

「まさか。勉強と仕事しかなかったなんて、そんなことないでしょう？」

自分などよりずっと人生経験も交友関係も豊かそうな及川に限って、そんなことはないだろうと思ったが、及川はそれに対して『さぁ、どうかな…』と唇の端を少し上げただけだった。

その少し寂しそうな横顔にはっとして、なにも言えなくなる。

「なんつーのかな…。俺みたいな人間が、そうそう幸せになんてなれるわけがねーよなとか、過去のひねた俺は思っていたわけですよ。……人の道を踏み外して、家を捨てて、逃げ出して…」

一度だけ聞いたことがある、及川の暗い過去。

いつも朗らかに笑っている今の彼からは想像がつかないほど、かつての及川は、とても深い闇を抱えていた。

高校卒業と同時に家を出て、それでようやく実家とは縁が切れたと話していたが、そこから自分一人の足で踏ん張って、明るいところまで這い上ってくるのは、決して並大抵の日々ではなかったに違いなかった。

「そしたらあとはもう、力で周りをねじ伏せてやるとか、認めさせてやるとか……そんな風に考えてたときもあったしな…」

「……………」

なんて言葉を掛ければいいのか分からずに、理人は布団の下で触れていた及川の手のひらに自分の手を絡めて、きゅっと強く握りしめた。

そんな風に過去の及川が頑張ってきたからこそ、今の彼があるのだ。それを思えば誇らしいとすら思う。

その気持ちを伝えるべく、理人は及川の肩に額をすり寄せると、及川はちょっと笑ってこめかみにキスを返してきた。

「それでもさ。頑張って諦めなきゃ、人生いつかいいことあるなーって思ったよ」

「……いいこと、ですか？」

「うん。好きな子が、必死で好きだって言ってくれたりな」

「……」

背中から全身に、ぼっと熱い感覚が広がった。

「人に触られたりすんのが本当は苦手なくせに、俺にだけは『どこにも行かないで』なんて甘えてひっついてきたりしてくれんの。そういうのって、なんかちょっと特別っぽい気がするだろ？」

「……言ってて、恥ずかしくないんですか」

聞いてる方は恥ずかしい。それはもう死ぬほど。

だが及川は『別に？　本当のことですけど。それがなにか？』とまるで仕返しのように理人の真似をしたあとで、声を立てて笑うと、もう一度キスを落としてきた。

唇が、笑ったままの形で唇と重なる。

昨夜さんざんキスしたはずなのに、それでも飽きることなくその甘い感覚に浸っていると、突然及川がぷは…と大きく息を吐きだした。

「あー……ダメだ。瞼《まぶた》が重力に逆らえないっつーか。もっとお前と色々したいのに。……なんか、ものすごい睡魔が…」

研修の後、一睡もせず夜道を運転をしてきたのだ。その上、辿り着いた早々に色々とあれこれ頑張っていたのだから、無理もない。

――しかし。あれ以上なにをどう、色々したいんだか…。

恐ろしくて尋ねてみる気にはなれなかったが、繋がれたままの指の強さが、及川の気持ちを物語っているように思えた。

きっと及川も、離れがたいと思ってくれている。自分と同じように。

「いいから今は、ゆっくり寝てください」

「…ん…」

理人の言葉に小さく頷くと、及川は突然電池が切れたように、またすぅっと息を吐いて眠りについてしまった。

どうやらよっぽど疲れていたらしい。

理人と手を繋いだまま安心して眠るその横顔を見ていたら、『なんか胸のここんとこがきゅうってなる』と言っていた及川の言葉の意味が、よく分かる気がした。

かつて及川は、いつも眠れる場所を探して彷徨《さまよ》っていた。

それでも深く眠りにつくことはなくて、なにかが触れるたび、はっと目覚めては身構えていた。

今はもう、手を繋いで安らかに眠りにつくこともできる。笑って目覚めることも。

そんな姿を目にしているだけで、たまらなくなってくる。

——この人が好きだ。

好きで好きでたまらないと、言葉にして世界中に叫び出したくなりそうな気持ちが、ここにある。

及川の目が覚めたら、朝食を食べてクロの散歩に一緒に行こう。買い物にも行って、夜には及川の好きなチキンカレーを作るのだ。

誰かのためになにかをしてあげられる喜びが、日々を鮮やかに彩っていく。

でも今は……もう少しだけ。

クロには申し訳ないけれど、朝の散歩はあと少しだけ待ってもらおうと決めて、理人は及川に寄り添うようにして目を閉じた。

あとがき

こんにちは。可南《かなん》です。

今回は保健所もので、珍しくも『お仕事もの』のお話です。

なぜか私の書くお話は地味な日常話が多いのですが、担当様の『是非やってみましょう』という言葉に励まされて、実現しました。ありがとうございます。

でも書き上がってみたら、やっぱりなんだか地味でした。公務員がいけなかったのか…。

そしていただく感想で一番多かったものは、『クロさん可愛いですね』でした。ありがとうございます。……あれ？　お仕事ものはどこへ？

本当はもっとたくさんの保健所ネタも織り交ぜていきたかったのですが、時間とページの都合上、削りました。コンドーム指導を任されるお話とか、本当はいろいろやってみたかったのですが…。無念。

一話目は雑誌で書かせていただいたのですが、アンケートやお手紙をくださったかたにとても励まされました。ありがとうございます。応援してくださる方がいるからこそ、こうして一冊にまとめてもらえたんだなぁと思うと感慨深いです。

そして雑誌のときから素敵なカラーやイラストで、華を添えてくださいました穂波《ほなみ》ゆきね先生。本当にありがとうございました。穂波先生の描かれる、繊細かつカッコイイ彼らに担当様と惚れ惚れしておりました。なのに最後までご迷惑おかけして、本当に申し訳ありません…。

それから担当様を始め、この本に携わってくださいました編集部や関係者の皆様。

色々とありがとうございました。そして色々とすみませんでした…。

またなにかしらの機会があれば、今後も様々なものにチャレンジしてみたいと思います。

ではでは。またどこかでお会いできることを祈って。

二〇一三年　秋　可南さらさ

この本を読んでのご意見、ご感想を編集部までお寄せください。

《あて先》〒105－8055　東京都港区芝大門2－2－1　徳間書店　キャラ編集部気付
「先輩とは呼べないけれど」係

■初出一覧

先輩とは呼べないけれど
……小説Chara vol.28(2013年7月号増刊)

離れるなんてできないけれど……書き下ろし

先輩とは呼べないけれど

Chara

先輩とは呼べないけれど……【キャラ文庫】

2013年10月31日　初刷

著者　可南さらさ
発行者　川田 修
発行所　株式会社徳間書店
〒105-8055　東京都港区芝大門2-2-1
電話048-451-5960(販売部)
03-5403-4348(編集部)
振替00140-0-44392

印刷・製本　図書印刷株式会社
カバー・口絵　近代美術株式会社
デザイン　間中幸子

ISBN978-4-19-900727-9

投稿小説★大募集

『楽しい』『感動的な』『心に残る』『新しい』小説――

みなさんが本当に読みたいと思っているのは、どんな物語ですか？　みずみずしい感覚の小説をお待ちしています！

•応募きまり•

[応募資格]
商業誌に未発表のオリジナル作品であれば、制限はありません。他社でデビューしている方でもOKです。

[枚数／書式]
20字×20行で50～300枚程度。手書きは不可です。原稿は全て縦書きにして下さい。また、800字前後の粗筋紹介をつけて下さい。

[注意]
①原稿はクリップなどで右上を綴じ、各ページに通し番号を入れて下さい。また、次の事柄を１枚目に明記して下さい。
（作品タイトル、総枚数、投稿日、ペンネーム、本名、住所、電話番号、職業・学校名、年齢、投稿・受賞歴）
②原稿は返却しませんので、必要な方はコピーをとって下さい。
③締め切りは特別に定めません。採用の方にのみ、原稿到着から３ヶ月以内に編集部から連絡させていただきます。また、有望な方には編集部からの講評をお送りします。
④選考についての電話でのお問い合わせは受け付けできませんので、ご遠慮下さい。
⑤ご記入いただいた個人情報は、当企画の目的以外での利用はいたしません。

[あて先]
〒105-8055 東京都港区芝大門2-2-1
徳間書店 Chara編集部 投稿小説係